I0691090

ules Bobin

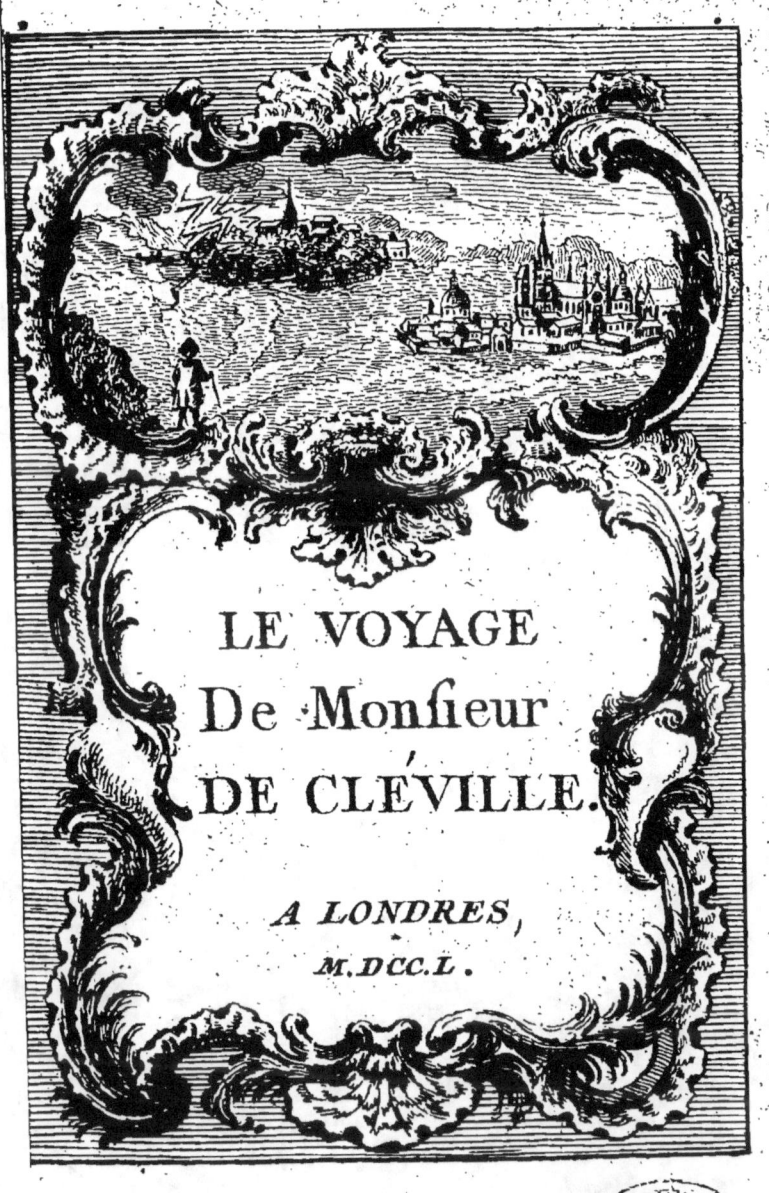

LE VOYAGE
De Monſieur
DE CLÉVILLE.

A LONDRES,
M.DCC.L.

BIBLIOTHÈQUE NATIONALE · FONDS · LE SENNE · N° 20 · IMPRIMÉS

8°Z Le Senne 1717

LE VOYAGE
DE MONSIEUR
DE CLÉVILLE

A VANT que d'entreprendre d'écrire mon fameux Voyage, il me semble qu'il est naturel que je fasse connoître au Lecteur quels étoient mes pere & mere, & quel j'étois moi-même, quand j'eus le courage de le faire. Tous les Voyageurs ont un but, quand ils partent d'un lieu pour aller à un autre ; j'en avois aussi un, on doit le croire, & si je ne pûs

.A

remplir mon deffein, du moins je crûs que je pourrois en venir à bout.

Mon Pere avoit fervi long-tems dans les troupes, en qualité de Capitaine, lorfqu'il fut réformé. Agé d'environ quarante ans, il fe rendit à Paris, dans le fein de fa famille, qui lui confeilla d'époufer une veuve riche, fans enfans, & qui ne vouloit convoler en fecondes noces qu'avec un militaire. Les Dames n'ont jamais dédaigné l'épée; la robe a pour elles quelque chofe qui flate beaucoup moins leur vanité. Mon pere étoit bienfait, grand, fpirituel, de la preftance la plus noble. Auffi-tôt que la veuve le vit, elle dit tout bas à un mien oncle: *voilà l'homme qu'il me faut, je lui donne ma main, mon cœur & tout mon bien.*

Elle étoit à peu près de l'âge

de mon pere , fraîche encore ,
& de l'humeur du monde la plus
gaie , à ce que l'on m'a dit , car
je n'ai jamais eû le p'aifir de la
voir. Enfin l'affaire fut conclue
auffi-tôt qu'entamée.

Au bout de dix mois elle ac-
coucha de ma perfonne , & mourut trois jours après dans la fiévre
de lait. On m'a affuré que mon
pere en fut très long tems incon-
folable , mais que pourtant il fe
confola : il ne faut pas s'en étonner , il eft naturel de fe confo·
ler de tout.

On eut beaucoup de peine à
m'élever , quoiqu'on me choïât
infiniment, parce que toute la joye
de mon pere rouloit fur mes jours.
Il choifit une nourice qui m'al-
laitta à la maifon, & à tout moment il repaiffoit fes yeux de ma
vüe , parce que je lui rapellois
le portrait de ma mere , à qui je
reffemblois.   A ij

Dès que je fûs en état d'ap.
prendre quelque chofe, on me
donna des Maîtres ; & comme ja·
vois de la mémoire, & fur tout de
la pénétration, j'appris bien-tôt à
lire, écrire, danfer, chanter, tirer des armes, & à jouer du vio·
lon.

Je favois tout cela avant d'avoir
atteint 'âge de fept ans : il me
prit une efpéce de maladie de
langueur, qui fe changea bien-
tôt en paralifie ; & qui obligea
mon pere de louer une maifon
à la Campagne, afin que le bon
air pût me rétablir. Il choifit *Vitri-
fur Seine*, qui eft à deux petites
lieües de Paris, un peu au def-
fous de *Choifi le Roi*, & c'eft-là
où j'ai demeuré près de dix ans,
fans autre compagnie que celle de
mon pere, qui me quittoit rare-
ment, & d'une Servante qui m'ha-
billoit & me donnoit à manger,
comme à un enfant au berceau.

Quoique je fuſſe perclus
de mes membres , mes yeux
furent toûjours fort bons ; de ſorte que je paſſois les journées en-
tieres à lire , car je n'articulois
quelques mots que très - difficile-
ment.

Mon pere , me voyant du goût
pour la lecture , fit acquiſition de
quantité de bons Livres , entr'autres de Voyages , à quoi je me
plaiſois beaucoup , de même qu'à
l'hiſtoire & les piéces de Théâtre :
je liſois peu de Romans , parce
qu'il y en a peu qui méritent le
tems qu'on y employe.

Ma fureur la plus grande étoit
de chanter , danſer , & jouer du
violon ; mais comme ma maladie
m'en ôtoit la faculté , je me ren-
fermai tout entier dans la lecture.

A meſure que je croiſſois , mon
pere me faiſoit faire des habits
très-propres , comme ſi il eût pré-

vû que, quand on y penferoit le
moins, je guérirois comme par
miracle.

Un Dimanche, on m'apporta
un habit tout neuf, qui me fit
grand plaifir à voir. La Servante,
qui étoit une jeune fille d'environ
vingt ans, prît plus de foin ce jour
là à me parer qu'à l'ordinaire, &
j'y prenois auffi plus de goût. Dès
que je fûs habillé, mon pere,
par galanterie, me mît fa bourfe
dans un de mes gouffets, fa mon.
tre dans l'autre, fon épée à mon
côté, & s'en alla rendre vifite à
un voifin.

A peine fut-il forti, que *Clairette*, c'eft le nom de notre Servante, vint folâtrer autour de
moi, me difant mille folies que
j'entendois fans pouvoir répondre. Tout-à-coup, il lui prit fantaifie de me châtouiller, & auffi-
tòt j'eus un plaifir fi grand, que

le fang circula dans toutes mes veines, avec tant de rapidité que je me fentis guéri.

J'eus affés de prudence pour ne pas faire éclater ma joye aux yeux de *Clairette*, parce que je craignis qu'elle ne s'oppofât à mes deffeins. Comme à la Campagne on eft moins foupçonneux qu'à Paris, elle entendit fonner une meffe, & elle fortit pour y aller, me laiffant le maître de la maifon, fans fermer les portes autrement qu'au loquet.

Auffi-tôt que je me vîs feul, je me levai de mon fauteuil, & je me promenai à grands pas dans la chambre. Pénétré de réconnoif-fance de la faveur que je venois d'obtenir du Ciel, je me jettai à genoux, & je rendis mille graces à Dieu de fes bontés.

Orça, me dis-je à moi-même, il faut que j'aille quelque part en

pélerinage, afin de mieux rémer-
cier l'Auteur de mon Etre d'avoir
eu pitié de ma triste situation. Où
irai-je, continuai-je ? à Jérusa-
lem ? a Notre-Dame des Vertus?
à Saint Jacques-de-Compos-
telle ? à Sainte Généyieve-de-
Nanterre ? Non, m'écriai-je,
c'est à Rome où mon bon Ange
m'inspire de porter mes pas. Là
je confesserai mes péchés au Prince de l'Eglise, & mon Voyage
sera méritoire.

A l'instant je sortis de la maison,
quoique tout tremblant d'être arrêté, mais sans nul obstacle, je
gagnai la Campagne, par le chemin qui mene de Vitri à Páris.

A peine eus-je fait cinquante
pas, que je fus étonné de l'immense terrain que je découvrois.
Un jeune homme, qui n'avoit jamais vû que sa chambre, devoit
être extrêmement surpris de voir

des bleds, des vignes, des arbres, des moulins à vent , & tant d'autres chofes que la Campagne offre à chaque minute.

Cependant je me raffurai, mes lectures, que 'e me rapellai, me calmerent totalement, & 'e continuai ma route pour Rome. Je fus quelques momens tenté de demander mon chemin , pour cette ancienne maîtreffe du monde , mais je me fouvins d'avoir lû, *que tous chemins vont à Rome* & je marchai vers Paris, en toute confiance : il faifoit très-beau, le foleil commençoit à fe faire fentir vivement ; car c'étoit vers la fin de Mai , fi bien que je goûtois un plaifir tout neuf. Une mouche , un haneton , un moineau , me caufoient de l'admiration.

La premiere figure humaine , que je rencontrai fût un pauvre, qui me demanda l'aumone : comme j'ignorois ce qu'il vouloit, je ne lui donnai rien, & je m'en éloignai, en le régardant comme un Être singulier, qui m'étoit inconnu.

A quelques pas de là, je trouvai une charette couverte, où il y avoit une quinzaine de personnes: je me rangeai pour laisser passer ce phénomene extraordinaire pour moi. Mes yeux ne suffisoient pas pour examiner cette charette, & j'entendis sortir de cette voiture, une voix rauque, qui s'adressoit à moi, & me traitoit inhumainement de benêt. Mon parti fut bientôt pris, ce fut celui de rire.

Je restai sur le bord du chemin, pendant près d'un quart d'heure, à examiner les roües, les chevaux & le charetier, ne pouvant pas concevoir comment deux animaux pouvoient en traîner tant d'autres.

Quand j'eus presque perdu cette charette de vue, je repris ma route ; & peu de tems après j'apperçus un carosse, qui venoit à moi : il étoit attellé de six beaux chevaux , quatre grands laquais derriere avec des plumets & des habits d'une livrée très-riche : le Postillon & le Cocher, annonçoient par leur fierté , celle des personnes qui remplissoient le carosse : j'ouvris les yeux très-grands pour les bien voir, mais il rouloit avec tant de vitesse , que je ne fis que les appercevoir. Nouvelles réflexions sur ce nouveau Phénomene. J'admirois l'industrie des hommes d'avoir imaginé des voitures si gracieuses & si commodes. Je me rappellai, dans le moment, la fable de *Salmonée*, qui fit bâtir un pont d'Airain, sur lequel il faisoit rouler son Char , avec grand bruit , pour faire croire au Peuple que c'étoit celui de son tonnerre. Cette idée pensa me faire imaginer que j'étois déjà en E:de. Cependant tout ignorant que je pouvois être, je me mis dans la tête que je me trompois.

Mon pere ne pouvoit souffrir chés lui, ni chiens, ni chats, ni oiseaux, non pas qu'il ne les aimât, mais c'est qu'il s'y attachoit trop, & lorsqu'ils mouroient, ou qu'il leur arrivoit quelqu'accident, il en étoit aussi touché que si le mal lui fut arrivé à lui-même, & pour éviter cette sensibilité, il les avoit exclus de sa maison.

Je marchois toûjours, songeant à la figure extraordinaire du carrosse que je venois de voir, lorsqu'un petit chien noir me joignit & me caressa en aboyant d'un ton flateur. Comme c'étoit le premier chien que je me souvenois d'avoir

d'avoir vû, je fentis quelque émotion de crainte : e reculai , fans le
perdre de vûe , & plus je reculois,
plus le chien avançoit, en apant.
Je craignis quelque trahifon de fa
part : e ramaffai une pierre, & je
fis femblant de la lui etter : auffi-
tôt il prit le parti de fuir du côté
de *Vitri* , & il ne revint plus. Ce
petit animal commençoit à m'in-
téreffer , & e me reprochai de ne
l'avoir pas traité avec plus de bonté. Un homme doit avoir un mau-
vais cœur , quand il peut faire du
mal à une bête.

Je fis encore environ cent pas,
dans rien rencontrer. Mais comme c'étoit la premiere fois que je
marchois , je me fentis de la foibleffe dans les jambes, ce qui m'o-
bligea de m'affeoir fous un arbre
pour me repofer. Dans le moment je vis venir , du côté de

Paris, deux hommes, à cheval, qui alloient au galop; je crûs, que j'étois perdu, m'imaginant que j'étois dans le Pays des *Centaures* Je me levai pour fuir, mais i's pafferent devant moi, fans faire grande attention à ma perfonne. Cela me raffura, & je continuai à marcher en faifant diverfes refle-xions fur les deux Monftres que je croyois avoir vû.

Je fus joint par une jeune Lai-tiere, qui conduifoit une Bou-rique. Cet animal me parut d'une figure finguliere. La jeune fille chantoit affés joliment, & comme fa chanfon étoit de mon goût, je doublai le pas pour n'en rien perdre, la voici.

LE MAY.

VAUDEVILLE.

L E premier jour de Mai, Colette,
Affise fous un tendre ormeau,
Gardant avec foin fon troupeau,
S'écrioit d'une ardeur parfaite :
Accours, Colin, viens, d'un air gai,
A ma porte planter le May.

Colin, qu'un feu naiffant confume,
Quitte le hameau du matin ;
Colette l'apperçoit foudain,
Et fa paffion fe rallume :
Accours, Colin, viens d'un air gai,
A ma porte planter le Mai.

Colin, en arrivant l'embraffe,
Et lui fait préfent d'un bouquet :
Mon cœur, dit-elle, eft fatisfait,
Mon cher Amant, je te rends grace,
B ij

C'eft tout comme fi d'un air gai
A ma porte on plantoit le Mai.

Colin enhardi par Colette,
Lui dérobe un tendre baifer :
Va, va, pourquoi tant biaifer,
Lui dit galamment la folette :
Il faut, croi moi, mais d'un air gai,
A ma porte planter le Mai:

J'ignore le talent de plaire,
Répondit Colin auffi-tôt ;
A ton âge il faut être fot
Pour ne pas connoître Cythere ;
Tu dois, Colin, mais d'un air gai,
A ma porte planter le Mai.

Colin répond, c'eft mon envie,
Non, rien ne peut tant me flater.
Elle auffi-tôt, fans héfiter,
De bannir fa mélancolie ;
Tu vas, cher Colin, d'un air gai
A ma porte planter le Mai.

Colin, pour contenter Colette,
Se met en devoir de l'aimer ;
Qu'en vous tout fçait bien me char-
  mer ?
Ah ! que mon ame eſt satisfaite ?
Je vous embraſſe, & d'un air gai,
Chez vous mon cœur plante le Mai.

Adieu cher Colin, lui dit-elle,
Je ſuis contente de tes feux.
Moi, répond-t-il, je ſuis heureux
D'aimer une fille auſſi belle ;
J'aurai ſouvent ſoin, d'un air gai,
De planter à ta porte un Mai.

La façon comique dont cette
fille chantoit, & le ſel qu'elle
donnoit à la chanſon, me firent
beaucoup de plaiſir. Auſſi-tôt
qu'elle eût fini, je ralentis ma
marche pour m'aſſeoir de nouveau. Quoique je n'euſſe encore
guere fait qu'une lieue, j'étois ſi

    B iij

BIBLIOTHÈQUE NATIONALE

fatigué que je m'endormis , &
je ne fus réveillé que par le bruit
que firent trois Paysans, qui pafferent auprès de moi.

Je me sentis de l'appetit, &
sur tout une soif ardente ; ces
besoins imprévûs m'obligerent à
faire des reflexions. J'ai lû, di-je
en moi même que les voyages
coûtoient beaucoup. Là dessus, e
fouillai dans mes poches pour voir
si j'avois de l'argent, je trouvai une
bourse dans laquelle il y avoit
douze louis. e sentis une joie
extrême à la vue de ce secours.
Je tirai ma montre, qui m'indiqua
qu'il étoit dix heures.

Je me remis à marcher dans
le dessein d'entrer dans la prémiere Hôtellerie que je rencon-
trerois. Je ne fus pas long-tems
sans apercevoir quelques Maisons ; je conjecturai que je pou-

rois m'y rafraîchir, & prendre
quelque repos, avant d'entrer
dans Rome, que je m'imaginois
voir dans un éloignement flateur que Paris m'offroit.

Comme je m'éforçois de gagner les maisons que j'apercevois
fur ma gauche, je fus, tout à
coup, arrêté par une chaîne de
petits animaux, qui traverfoient
le chemin, c'étoient des fourmis. Je fus curieux de fuivre les
traces de ces infectes, dont j'a-
vois tant lû de belles chofes dans
divers Auteurs, fur tout dans
leSpectacle de la nature de Monfieur *Pluche*, Ouvrage qui a reçû
des Eloges de tous les Sçavans de
l'Europe. Voici comme il s'ex-
prime, Tome premier, 8 . Edi-
tion, Paris 1741 page 21 . ,, Les
,, Fourmis font un pe. Pe ple
,, réuni, comme les Abeilles, en

,,un corps de république; elles ont
,, une espece de Ville plus lon-
,, gue que large, & partagée en
,, differentes rues, qui aboutif-
,, fent à differens magafins. Leur
,, grande paffion, dit-on, après
,, les fucreries, eft d'amaffer du
,, bled & d'autres graines qui font
,, de garde; & de peur que ce
,, bled ne germe à l'humidité,
,, dans leurs cellules fouterraines,
,, on affure qu'elles en rongent le
,, germe, qui eft à la pointe du
,, grain. ,,

Sur cet expofé, je m'attendois à voir quelque chofe de merveilleux. Je fuivis les Fourmis,
qui, en effet charioient des vi-
vres. J'eus bien-tôt trouvé la
fourmilliere, qui avoit la forme
que j'avois vue dépeinte dans plufieurs Naturalliftes; je comptois
y trouver des chofes admirables,

des Chambres, des Salles, & des Appartemens diftribués, comme par le plus habile de nos Architectes; mais je ne trouvai que des Fourmis, qui cherchoient rétablir ce que ma main imprudente avoit pour ainſi-dire détruit. Ce trait feul me fit connoître que l'homme embellit tout ce qui fort de fes mains, même aux dépens de la vérité.

En quittant ma Fourmilliere, qui venoit de me prouver l'ignorance de ceux qui avoient écrit fur cette matiere, je fixai mes yeux fur des roues iſolées, qui occupoient la plus grande partie du terrain de ma droite s'il n'y en avoit eu qu'une, j'aurois bonnement crû que c'étoit celle d'Ixion, mais je me reftraignis à penfer que n'y connoiſſois rien : cependant chaque roue déſignoit une Carriere.

Sur ma droite, dans l'éloignement, je vis plusieurs corps de
Bâtimens qui me paroissoient des
tours, c'étoit V*incennes*, qui est
un Château très ancien, bâti par
plusieurs de nos Rois, à commencer par Charles V. à son ave-
nement à la Couronne. LOUIS *le*
bien aimé, y a fait quelque séjour.

Je me trouvai bien-tôt vis-à-
vis les Maisons où je m'étois flaté
de pouvoir me rafraîchir, mais
comme je ne vis ni Enseigne, ni
Porte ouverte, je passai mon chemin ; & je n'eus qu'à peine fait
cent pas que je vis la Barriere des
Gobelins : je m'avançai vers cette
Barriere, avec plus de timidité
que d'assurance, & je fus encore
effrayé en la passant, par l'attention
extrême qu'avoient des hommes
de fort mauvaise mine, qui sem-
bloient garder ce passage : ils me

regarderent des pieds à la tête, &
plus d'une fois, je crûs qu'ils alloient me fouiller : je penſois aſſés
juſte, car ces hommes là étoient
des Commis de Barriere, qui
ne font grace qu'à ceux qui ont
aſſés de bonheur pour leur en im-
poſer.

Lorſque j'eus paſſé cette
Barriere redoutable, je trouvai
ſur ma gauche, un Bâtiment qui
m'intéreſſa : il y avoit ſur la prin-
cipale Porte cette inſcription :
*Manufacture Royale des ouvrages
de la Couronne.* Si j'avois été un
peu plus aguerri, j'euſſe entré
dans cet Hôtel magnifique,
& j'aurois demandé à voir les
Beaux Ouvrages qui s'y font,
ſous la conduite des plus habiles
Peintres & Deſſinateurs de l'Europe : j'aurois apris qu'un nommé
Gobelin, Teinturier de Rheims,

vint s'établir dans cet endroit,
sous le Regne de François Premier ; mais un Voyageur comme
moi, ne peut être d'une grande
utilité, pour ceux qui veulent
s'éclaircir de plusieurs traits Historiques ; il n'a tout au plus, que
le plaisir de babiller, ou de dire
naivement ce qu'il a vû : & l'esprit François est actuellement
monté de telle maniere, qu'il ne
trouve rien de beau, que ce qui
-s'éloigne plus du vrai, & même
du vrai-semblable.

Au coin de la premiere rue,
je lûs : *Rue Mouffetard* ; cela me
parut commode pour les Voyageurs, & j'ai appris depuis que
l'on a cette obligation à Monsieur
Herault, Lieutenant de Police,
très estimé, qui en 17.8, fit mettre des écriteaux au coin de chaque rue. Je suis surpris du peu de
goût

goût de ceux qui ont été propofés pour cela, & le peu de régularité avec laquelle les noms des rues font écrits, font connoître à l'univers, que le Fameux Moliere avoit raifon d'expofer dans une de fes Comédies, qu'il falloit établir un Correcteur des Enfeignes & Ecriteaux dans Paris.

Quoique cette partie de la plus célébre Ville du monde, par où j'y entrai, foit ce qu'elle a de moins flateur à voir, j'étois comme extafié, foit de la beauté des maifons, des diverfes enfeignes, de la differente qualité des perfonnes qui rempliffent les rues fans qu'il s'y commette la moindre incivilité, à l'égard de quique ce foit. Je reffemblois, à quelque chofe près, au *Siamois* de *Dufreni*, qu'il fait tomber dans Paris comme des nues.

En paffant devant S. *Medard*,

C

la premiere Eglise que j'eusse re-
marquée, je sentis une envie
secrete d'y entrer. Je me laissai
guider à mon mouvement.

Je fus pénétré de respect en
entrant dans ce Saint lieu : mon
cœur me dit que je devois me jet-
ter à genoux, & y adorer l'Auteur de mon être & de ma guéri-
son miraculeuse. l'glise étoit
pleine d'un peuple infini, pros-
terné devant l'Eternel ; on chantoit la Grande Messe .... Quel
fut mon subit étonnement d'entendre au-dessus de ma tête un
bruit surprenant, & en même
tems harmonieux ; je pensai mourir de frayeur, ne pouvant pas
m'imaginer ce qui frapoit mon
oreille avec tant de bruit, & un
bruit si gracieux. On conçoit bien
que c'étoit les Orgues que l'on
touchoit, & assurément qui con-
que ne les a jamais entendues
peut marquer de la surprise.

Je ne reſtai pas longtems dans cette Egliſe. J'en ſortis pour me raffraîchir ; mais je ne ſçavois comment m'y prendre pour avoir du ſoulagement. Je vis une boutique ouverte, qui étoit celle d'un Marchand de Vin, je me haſardai d'y demander à boire & à manger : On me répondit qu'il étoit trop tôt, & que le *Commiſſaire* n'étoit pas encore paſſé.

Là-deſſus, je marchai quelques minutes, & à peine eus-je atteint la rue *Bordet*, que je trouvai un Cabaret de belle aparence, qui a pour enſeigne *la belle Image*. Je ne trouvai dans ce lieu qu'un petit garçon, qui, ſans attendre que je lui euſſe demandé quelque choſe, me dit de monter, j'obéis, & au deuxiéme étage je trouvai un homme fort poli, qui me dit d'entrer dans le jardin, ou de monter plus haut, je montai en

core deux étages. Je fus étonné de
decouvrir delà une partie de Paris.
On ne tarda pas à m'aporter du
vin, de l'eau, & un peu de pain :
je reçus tout cela très-civilement,
& on me laiſſa feul.

Je dis alors en moi-même, voilà ſans doute une portion, & il
faut que je la conſomme. Je com-
mençai par boire l'eau, manger
une partie du pain, & enſuite je
goûtai le vin, qui étoit pour moi
une liqueur toute nouvelle ; néanmoins elle ne me rebuta point, &
je trouvai qu'elle me donnoit des
forces, en me flatant agréablement
J'ai depuis fait la chanſon ſuivante
ſur ce ſujet.

CHANSON

Lucas, goûtant pour la premiere
  fois
Le jus délicieux qui ſort de la bou-
  teille,
S'écria, tranſporté d'une ardeur ſans
  pareille,

Je fuis plus heureux que les Rois.
Coule bon vin, coule fans ceffe,
Le doux plaifir coule avec toi :
Le vin fait régner l'allégreffe,
Et je régne lorfque je bois.

En buvant le fecond verre de vin, j'aperçus fous une table, vis-à-vis de moi, un cahier de papier écrit. J'allai le ramaffer, & j'y lûs ce qui fuit.

LES EFFETS
DE LA NATURE,
ESSAI DE CONTE.

Par *feu Monsieur De la Fontaine*,
Auquel on a joint quelques piéces galantes, dans divers genres, qui n'ont jamais paru.

AVIS AU LECTEUR.

„ Quoique tous les Ouvra-
„ ges des Grands Hommes
„ ne foient pas parfaits, dans ceux
„ qu'ils regardent, eux-mêmes,
„ comme indignes de leur apar-
„ tenir, on trouve cependart
„ tou;oursde ces traits brillans qui
„ les caracterifent.
„ Le Conte qu'on va lire eft le

,, prémier que le fameux *la Fon-*
,, *taine* ait rimé. Je le tiens d'un
,, fort honnête homme qui avoit
,, eu des liaisons intimes avec
,, lui , mais je tais son nom , par
,, respect pour sa famille , qui
,, tient un rang considérable
,, dans l'Eglise & dans la robe.
　,, Je me flatte que le Lecteur
,, me sçaura quelque gré de faire
,, voir la lumiere à une piece qni
,, pourra l'instruire en l'amu-
,, sant.

ESSAI DE CONTE.

QUel est l'Epoux exempt de
　cocuage ?
Il n'en est point , ou très-peu , je le
　gage ,
Ainsi tranchons des discours su-
　perflus.

Quoique l'on ait une femme fort
    fage,
Par elle on fe voit mis au rang des
    fronts cornus.
La chair fur la fageffe eut toujours
    le deffus.

Dans un canton de la Champagne
Etoit un jeune Gars, habitant de cam-
    pagne.
Un Champenois ou cruche, on dit
    que c'eft tout un.
Celui-ci du pays étoit tout le plus
    bête,
Jamais marque d'efprit ne fortit de
    fa tête ;
Mais de tout l'Univers c'étoit le plus
    beau brun.

A peine notre aimable ruftre
Entroit fur fon cinquiéme luftre ;
Qu'il éprouva des mouvemens d'a-
    mour ,
Qu'il prit pour une maladie ,
Qui pourroit lui coûter la vie ;
Il ne dormoit ni nuit ni jour.
Il fe met dans la fantaifie
De confulter un Medecin

Sur ſon douloureux mal, que mainte belle Dame
Auroit voulu guérir du meilleur
de ſon ame.

Il prend ſon eſſor un matin,
Il va chez un Docteur, & lui conte ſa
peine.
Pargué, Monſieur, dit-il, daignés
me ſecourir,
J'ai certain mal qu'il vous faut me
guérir,
Mal pis cent fois que la fievre quar-
taine,
Et dont je tremblons de mourir.

Donnez-moi votre pouls ... grande
eſt la maladie.
Morgué, ce n'eſt pas là, mon bras
n'a point de mal;
Mais j'ons dans cet endroit unçartain
animal
Qui me fait enrager ma vie;
Il s'anime avec tant d'ardeur
Qu'il me fait à moi-même peur,
Tenais; guariſſés-moi cela, je vous
en prie.

Le Médecin, riant, luidit : eh bien,
Je vous guérirai cette enflure ;
Mais payés moi , finon je ne com-
mence rien.

Combien vous faut-il d'avanture,
Car je n'ons pas un grand moien ?
Dix écus ; je ne puis pas à moins, je
vous jure ,
Peut-être encore y mettrai-je du
mien.

Notre Monfieur, prendrez-vous
bien ,
Pour vous nantir ces quatre écus à
compte :
Donnez ; mais dès demain apportés
le reftant.
Il mouille dans l'eau froide un grand
linge à l'inftant,
Dont il couvre le mal, & l'enflure fut
prompte
A déguerpir. Que vous êtes fçavant,
S'écria le pauvre ignorant !
Grand Médecin, Dieu vous béniffe!
Vartigué l'excellent onguent !
Allez, mon bon ami, le Seigneur
vous guériffe ,

Venez encor demain qu'on vous en
　　faſſe autant ,
Sur-tout n'oubliés pas le reſte de l'ar-
　　gent.

　　Le Médecin, le cœur plein d'aiſe ,
　　Courut conter à ſa moitié
　　L'innocence du pauvre Blaiſe ,
　　Pas un mot ne fut oublié.
L'Hypocrate pour elle avoit de l'a-
　　mitié ,
　　Même juſqu'à la jalouſie ,
　　Mal qu'à l'hymen on voit toujours
　　lié ,
　　Lorſque l'on a femme jolie.

La Belle avoit été ſage toute ſa vie ,
De nul amant jamais elle n'eut de
　　pitié ;
Mais il lui vint en fantaiſie
De guérir du beau gars la tendre ma-
　　ladie.

　　On eut vû notre Médecin
　　S'en aller trouver maint voiſin ,
Et de conter à tous l'hiſtoire de l'en-
　　flure ,
　　Et la crouſtilleuſe façon
　　De ſa ſubite guériſon ;
　　Il fut bien ri de l'avanture.

La femme cependant rouloit dans
    fon efprit
    Du garçon la grande innocence,
    Et de fon mal là corpulence.
    Voici ce que la Dame fit,
    Pour en avoir la jouiffance.

    Le foir, fon époux de retour,
    Elle lui dit: mon cher amour,
    Pour un malade d'importance,
On eft venu tantôt implorer ta
    fçience;
    Cours y demain d'abord qu'il fera
    jour;
    On te promet très-ample récom-
    penfe.
    Elle lui dit des noms en l'air,
    Et mit à bien grande diftance
L'endroit où le mari ne manqueroit
    d'aller.
    Pas n'y faudroit, ma bonne, ma
    chere ame,
    Quoique ce foit bien loin d'ici;
Mais fi notre nigaut alloit venir auffi,
    Qu'y ferois-tu, petite femme?
    Aliez, mon poulet de mari,
    Sur moi j'en prends tout le fouci.

                   Le

Le Dieu qui répand la lumiere,
A peine commençoit fa brillante
    cariere,
  Que voilà notre Médecin,
  Bien botté, la bride à la main,
  Qui, fur la jument poulimere,
  Enfile au trot le grand chemin.

Sitôt qu'il fût parti, notre amoureu-
    fe Dame
  Sortit du lit toute de flamme,
  Mit auffi-tôt du linge blanc;
  La propreté fied beaucoup à la
    femme.
Dès qu'elle fut coeffée arrive le Ma-
    nant.
LaBelle treffaillit de joie en le voïant.

  Serviteur, lui dit-il, Madame,
  Je voudrions parler au Médecin,
Qui me medecinit fi bien hier au
    matin.
La Dame qui fentoit tout Paphos
    dans fon ame,
  Trouva ce ruftre jouvenceau
  Mille fois encore plus beau
  Que n'étoit la belle peinture
               D

Dont son époux lui fit le dangereux
    tableau ;
  J'entends pour lui, non pour la créa-
    ture.
Elle fit faire au gars le récit de nou-
    veau
    De son épouventable enflure.
    Il le lui fit, Dieu sçait comment,
  Sans garder nulle modestie.
La Belle à son discours brûloit d'un
    feu charmant.
    Que je plains votre maladie,
  Dit-elle au Gars, le flatant douce-
    ment ;
Je vous aime, & je veux vous guérir
    promptement.

    Là-dessus, on eût vû la belle
    Le conduire dans sa ruelle ;
    Et là, sans aucun compliment,
    Elle l'embrasse tendrement ;
    Elle caresse son enflure,
    Qui grossissoit même à mesure
    Qu'elle y touchoit légerement.

    Bornons ici cette peinture,
Il faut garder en tout quelque mé-
    nagement.

Notre Ruſtre n'eut pas , ſur ſi douce
 monture ,
 Fait trois voyages ſeulement
 Qu'il ſentit du ſoulagement.

 Quand Madame fut ſatisfaite...
Que dis-je ſatisfaite ? En a-t'on ſa-
 tisfait ?
Quand le Gars ne pût plus fournir
 aucune traite ,
Elle le renvoya., le priant du ſecret.
 Mais en a-t-on dans l'amoureux
  miſtere ?
 On riſque tout plutôt que de ſe
  taire ;
 Même j'en connois ſur ce point ,
Qui diſent bien ſouvent ce qu'ils ne
 ſçavent point.
 Le Gars s'en allant plein de joye ,
 Rencontra dans ſa même voye ,
 Le Médecin fort en courroux
De n'avoir pas trouvé ſa proye ;
Il n'avoit pas tort , entre-nous.

Monſieur , dit le Payſan , je reviens
 de cheux vous.
 Où votre femme , ſur ma vie ,
 A d'un remede des plus doux ,

Mis bon ordre a ma maladie.

Je penſons bien que de longtems

Je n'aurons pas beſoin de vos vilains

onguents.

Votre femme à penſé nous faire

mourir d'aiſe,

Quatre ou cinq fois; alle eſt, morgué,

toute amiquié.

De dépit le Cornard alloit aſſommer

Blaiſe,

Mais le gaillard leva le pié.

Que d'hommes ſont cocus d'un ruſ-

tre, d'un Nicaiſe;

Mais qu'importe de qui, dès le mo-

ment qu'on l'eſt ?

Au cocuage encor je n'ai point d'in-

térêt;

Que j'y vienne, voici ma theſe:

Que le ſot en murmure, & le ſage

ſe taiſe.

Le Médecin de retour au logis

Fit, dit-on, d'effroyables bruits.

Les voiſins ſçurent l'avanture,

Et maint conte fut fait au ſujet de

l'enflure.

Vous qui tremblez pour votre front,
Maris jaloux , ceffez de tourmenter
 vos amés :
Que vous importe tant que l'on aime
 vos femmes ?
 Un mal commun n'eft pas affront.

LE BIJOU DISCRET.

DU beau Sexe admirons la gentille
 fabrique ;
Il promene en tous lieux une aimable
 boutique ;
Et pour ne pas laiffer le genre hu-
main oifif,
La nature a formé ce bijou portatif
 Pour la commodité publique.

LE MAY.

RONDEAU.

A Votre porte, Iris, j'avois deſſein
Le premier jour de Mai, de grand
    matin,
D'aller planter un arbre de verdure,
Où j'avois mis, pour ſurcroit de pa-
    rure,
Maint beau ruban bleu, roſe & gris
    de lin.
    Je ſuis en bute à des malheurs ſans fin.
Je fus privé du plus charmant deſtin,
Par une étrange & fàcheuſe avanture,
    A votre porte.
    Près de l'hôtel qui vous loge en ſon
    ſein,
Chargé d'un may, j'allois aſſez bon
    train :
Par-tout regnoit encor la nuit obſcure:
Dans un grand tas & de boue & d'or-
    dure,
Je tombe, pouf... Dieux¡ que j'eus
    de chagrin
    A votre porte ¡

LE TESTAMENT,

CONTE.

UN vieil avare en son lit se mou-
    roit,
Un Jean Chouart au trépas l'exhor-
    toit.
Courage, ami, lui crioit le Saint Prêtre,
En l'autre monde allez bien-tôt pa-
    roître,
Songez à vous en ce dernier moment ;
Ferez-vous pas un mot de Testament ?
Je le veux bien, puisqu'il faut que je
    meure,
Dit le mourant, en poussant un soupir.
Que j'aime à voir en vous ce bon désir,
Dit le Curé : Peut-être avant une
    heure
Quitterez-vous ce terrestre séjour,
Pour toujours vivre en la céleste Cour:
Voulez-vous bien qu'on mande le No-
    taire ?
Lors le malade, ah ! je n'en ai que
    faire,

Entre vos mains je vais laisser le tout.
Le Confesseur le voyant dans ce goût,
Tout transporté, lui dit : Dans notre
　　Eglise
Je prétens bien que pour vous on y
　　dise
Maint OREMUS. L'homme perdant la
　　voix,
Dit au Pasteur, qui suoit comme trois:
Je suis fâché de vous voir hors d'ha-
　　leine...
Ciel ...Je vous donne... ami, bien
　　de la peiné ..
Deux ou trois fois *je donne* il répeta,
Puis sans tester, l'Avare trépassa.

LA NAIVE.

COmment donc petite filette,
　　Disoit Nanon a la jeune Catin,
Je soupçonne quelque amourette,
Ma fille, entre-vous & Colin :
Ne retournez plus sur l'herbette,
Avec lui prendre le serein.
Vraiment, répondit l'innocente,

Maman, pour qui me prenez-vous ?
A mon âge je suis prudente ;
D'ailleurs je crains votre couroux,
Je suis aussi fine que sage,
Et veux vivre en fille de bien ;
Craignez peu que Colin prenne mon
    pucelage ;
Comment le pourroit-il ? il m'a donné
    le sien.

LE SERMON,

CONTE.

DÀns le monde chacun joue son
    personnage.
L'un est fort serieux, & l'autre est très
    bruyant,
L'un a beaucoup d'esprit, l'autre est
    un ignorant.
    Enfin chacun a son partage,
    Et la Nature en nous formant,
Nous fit part à son gré de son ample
    héritege.
    Le Curé d'un certain Village,
    Qui n'avoit pas d'esprit infiniment,

Mais qui se croyoit assez sage,
En prêchant fit un jour cet avertisse-
 ment :
Peres , meres , parens, vous perdez
 vos familles,
Sur-tout vous , qui chargez du soin de
 jeunes filles ;
Car j'en vis l'autre soir,à qui de grands
 garçons
 Entonnoient de sales chansons ;
 D'autres hausser par leurs guenilles,
 Des tendrons sur de hauts pomiers,
Et puis les secouer comme des Gre-
 nadiers.
O quel siecle est celui , chers enfans,où
 nous sommes ,
 De voir qu'ainsi se perdent tous les
 hommes !
Dites à vos garçons , trop *ignorantibus*.
 Que ce n'est point au sexe de Venus
Aux arbres de grimper , pour y cueil-
 lir des pommes ;
Il doit rester à bas , les Gars monter
 dessus.

LE CROCHETEUR.

UNe Nymphe, jeune & gentille,
     Par un matin déménageon ;
Pour son petit meuble de fille
Grande voiture il ne falloit,
Un seul Crocheteur suffisoit.
Au Carefour, elle prit Blaise,
Garçon robuste & des mieux faits ;
Il mit le lit sur ses crochets,
Puis à chaque corne une chaise,
Pris la bergame sous un bras,
Sous l'autre la nape & les draps ;
Et se sentant encore à l'aise,
De la main droite il prit le seau,
De la gauche le pot à l'eau :
Los allongeant, ne vous déplaise,
Ce qu'on ne dira pas ici,
Parbleu, dit-il, prenez ceci,
Mademoiselle, & grimpez-y,
Aussi bien je n'ai pas voiture,
Et sans croter votre chaussure,
Je vais vous emporter aussi.

LE FOU,

CHANSON, sur l'AIR: *Réveillez-*
vous belle endormie.

Notre voisin est fort bon drôle,
Jamais l'orgueil ne le séduit:
Epris de Philis, de Nicole,
Il est fou le jour & la nuit.

Son humeur plaisante & feconde
A sçû lui donner du crédit:
Cheri des Dames du grand monde,
Il est fou le jour & la nuit.

Charmé de la liqueur divine,
Plus il boit, plus il a d'esprit;
Bûvant avec mainte voisine,
Il est fou le jour & la nuit.

A jamais célébrons la gloire
D'un homme d'un tel acabit,
Près des belles qui sçavent boire,
Il est fou le jour & la nuit.

RONDEAU

RONDEAU.

Sur une Chemise donnée à l'Auteur.

VOtre chemise, adorable Manette,
 Pourroit entrer en royale cou-
  chette ;
Tout en est fin , & tout en est galant :
A-t'on jamais fait un plus beau présent
Depuis le jour que regne la fleurette ?
 Pour m'enyvrer d'une douceur par-
  faite,
Pour que de moi vous soyez satisfaite,
J'aurai grand soin de mettre fort sou-
 vent
  Votre chemise.
 Vous me donnez une preuve com-
  plette
Que c'est mon cœur que le vôtre sou-
 haite,
Il est à vous plein de flamme & cons-
 tant :
Mais de mon fort que je serai content,
Si vous souffrez qu'une fois je vous
 mette
  Votre chemise !

E

ÉPIGRAMME,

FRere Felix en un secret dortoir,
Contoit fleurette à la Sœur Do-
rothée,
Et la Nonain, loin d'en être irritée,
Par maint soupir lui donnoit de l'espoir.
Le Moine alors, levant certain mou-
choir,
Fit en amour la station premiere,
Pour aussi-tôt commencer la derniere;
Mais la Nonain lui dit : Frere Felix,
Y pensez-vous ? de Dieu seront mau-
dits.
Necraignez rien ; pour nous sauver,
ma chere,
Prenez, voici la clef du Paradis.

LE TEMPLE
AMBULANT.

DEs vrais plaisirs j'ai vû le Temple
Que l'amour a rendu vivant ;
Dans son ouvrage il se contemple,
Et s'y loge même souvent.

Deux belles colonnes d'yvoire
Soûtiennent tout le bâtiment ;
Deux Soleils, symboles de gloire,
En font le plus bel ornement.

Une ouverture gracieuse,
Dont les perles font la beauté ;
Par une voix mélodieuse,
Nous démontre la volupté.

Deux globes de lys & de rose
Décorent ce Temple charmant ;
L'Amour quelquefois s'y repose
Pour le triomphe de l'Amant.

Pour parvenir jusqu'à l'enceinte,
Que de plaisirs à surmonter !
Les sermens, les baisers, la plainte,
Tout à de quoi nous enchanter.

Quand à ce lieu chéri l'on touche,
L'homme est tout flamme, tout désir,
Et ne se sert plus de sa bouche
Que pour expirer de plaisir.

LA SAGE-FEMME
DES CORDELIERS.

CONTE.

PEre Foubert à la jeune Alifon,
   Qu'il confeffoit, un jour fit un pou-
    pon.
Les Cordeliers, de même que les Car-
    mes,
Au jeu d'amour font de braves Gen-
    darmes ;
Informez-vous à de jeunes Nonains
Si je dis vrai. L'aimable pénitente
Vivoit tranquille avec certaine Tante,
Qui, chaque jour, courroit manger les
    Saints ;
Il n'étoit point d'Indulgence pleniere
Qu'elle n'alla gagner la fin premiere.

Lorfque la Tante à l'Eglife prioit,
Le Cordelier la Niéce vifitoit ;
Et le Caffard, vifitant la fillette,
Ne fe bornoit à lui conter fleurette,

Mais bel & bien le arôle alloit au fait,
Et pour beaucoup n'étoit pas satisfait.

　Près de six mois dura le stratagême,
Que le tendron aimoit à la fureur,
Eh, pourquoi non ? Fille à son Con-
　　　fesseur
Doit obéir ; c'est une loi suprême,
Pere Foubert du moins le lui disoit,
Et de bon cœur la belle obéissoit.

　Alison tant obéit au bon pere
Que son jupon bouffa journellement.
Les biens goûtés dans les bras d'un
　　　Amant,
Quand on se voit sur le point d'être
　　　mere,
Tôt sont changés en peine très-amere;
Sans quelque ennui l'on n'est pas un
　　　moment.
Cela vous dit, gentilles chérubines,
Qu'on ne voit point de roses sans épi-
　　　nes.
Le bien d'aimer est un plaisir très-
　　　doux,
Mais un poison est caché là-dessous.
　Dès qu'Alison connut sa destinée,
Vous eussiez vû la pauvre infortunée
Se déchirer, ni manger, ni dormir ;

Pleurer étoit son unique plaisir.

   Elle pleura tant, qu'à la fin la Tante
S'en apperçût. Qu'avez-vous, mon
   enfant,
Demanda-t'elle à la jeune innocente?
Elle répond, mais comment? En pleu-
   rant.

A tel discours, la vieille embarrassée,
De la tâter il lui vient en pensée,
Se doutant bien, la voyant fondre en
   pleurs,
Sans dire un mot, qu'elle étoit sa dé-
   tresse.

Un Jardinier doit se connoître en
   fleurs,
La Tante aussi jugea bien de sa Niéce.
   Elle lui fait ôter son cotillon,
Et décemment trousser son blanc ju-
   pon,
Puis lui leva sa blanchette chemise
Qui, par-devant, n'étoit rouge, ni
   grise.
Lors sur son ventre, aussi blanc que
   satin,
Tout doucement elle passa la main.
Par cet essai, la jugeant des plus nettes,
Sur son long nez elle met ses lunettes,

Pour vifiter l'agréable féjour,
Où les beautés logent le tendre amour.
Que vois-je ici ? Heurla la créature,
Qui vous a fait fi gentille ouverture ?
Mais Alifon, alors pleura des mieux,
Et fubmergea de larmes fes beaux
      yeux.
   Tout de nouveau, la bonne & trifte
      Tante
Tâte le ventre à la belle pleurante ;
Et tâtonnant, elle fent fous fa main,
Sauter quelqu'un. Quel eft votre
     deflin ?
Vous êtes groffe ? Ah vous êtes per-
     due !
Autant vaudroit que vous fuffiez pen-
     due ;
Tout vôtre honneur par ce trait eft
     flétri....
Mais qui vous a donc fervi de mari ?
Dépêchez-vous vîte de m'en inftruire.
La pauvre enfant, qui fanglote & fou-
     pire,
Fut un quart d'heure à chercher cha-
     que mot.
En pareil cas auffi l'on eft bien fot.
   Pere Foubert vient pendant votre
     abfence

Me visiter... Quelle est votre impu-
  dence,
Lui dit la vieille ! Il est homme de bien,
Confesseur vôtre, & qui plus est le
  mien,
Et qui jamais ne fut homme à rien
  faire
Contre les loix du sacré caractere.
  Si vrai pourtant est-ce que je vous
  dis,
Que de mille ans mon ame en Para-
  dis
Ne puisse aller, si je fais un mensonge.
  En quel chagrin cette affaire me
  plonge!
Si c'est bien lui, courez dès cet ins-
  tant,
Aux Cordeliers, sonnez fort au Cou-
  vent,
Et demandés le Pere Saint Jerôme,
C'est entre-nous un Ange, non un
  homme;
Exposez-lui comme Pere Foubert
Vous a séduite, & tout votre hon-
  neur perd.
Que les frocards ont la mine trom-
  peuse!

Pere Foubert fembloit un demi-Saint;
Mais fur le front on n'a pas toujours
     peint
Les attributs d'une ame vicieufe.
    Pourfuit la Tante : Allez où je vous
     dis.
La belle enfant, le cœur navré d'en-
     nuis,
S'en va trouver le Pere Saint Jerôme,
Non fans mouiller le chemin de fes
     pleurs.
    Dès qu'elle fut préfentée au Saint
     Homme,
Elle lui narre en gros tous fes mal-
     heurs
    Confolez-vous, dit le Moine à la
     fille,
De votre honneur on vous fera raifon ;
Jé vous promets de chapitrer le drille
Qui s'eft de vous fervi de la façon :
Ce coquin-là remplira la maifon ;
De fes enfans tout le Couvent four-
     mille.
Allez, demain on paffera chez vous ;
Mais cependant cachés ce mal à tous ;
N'en parlez pas, de grace, à pas une
     ame,

Car tout chacun vous couvriroit de
    blâme,

Et votre honneur se perdroit à l'inf-
    tant :

Quand vous serez proche du mal d'en-
    fant,

Nous enverrons chez vous la Sage-
    Femme

Qui ne fait rien que pour notre Cou-
    vent.

L'EPITALAME DE GOGO.

RONDEAU.

A Gogo, présentement,
   Vous pouvez, couple charmant,
Vous voir sans aucun mistere :
L'acte qu'Amour vient de faire
Vous unit étroitement.
   Vous allez bien tendrement,
Loin du chagrin, du tourment,
Vous baiser, d'un cœur sincere,
    A gogo.
Entr'aimez-vous constamment,

Vivés unanimement.
Je vois la nuit, pour vous plaire,
Qui voile notre hémifphere :
Que ne fuis-je en ce moment,
A gogo.

Je lûs ce manufcrit avec une avidité fans pareille, & j'ofe avouer
que j'y trouvai des chofes qui me
firent beaucoup de plaifir ; mais
je ne fus pas long-tems gai ; je
me livrai aux réflexions. Mon
cœur me reprocha que j'avois eu
tort de quitter la maifon de mon
Pere fans fon aveu. Apparemment
que l'homme commençoit à fe
manifefter chez moi. Je fus quelques momens indécis fi je retour-
nerois à *Vitri*, ou fi je continue-
rois mon voyage, car je com-
mençai à douter que je fuffe à Rome ; mais l'efpece de vœu que j'a-
vois fait l'emporta fur les fenti-
mens de tendreffe que le fang venoit de m'infpirer.

Il me prit envie d'écrire à mon pere, pour le calmer sur mon abſence, & je m'en ſerois fait un plaiſir, ſur le champ, ſi je m'étois ſouvenu de ſon nom & de celui du Village que je venois de quitter : ce ne fut que deux jours après que je me rapellai qu'il ſe nommoit *de Cleville*, & que, comme ſon fils unique, j'avois auſſi le même nom.

Lorſque j'eus achevé mon pour pain & mon vin, je deſcendis pourſuivre mon voyage. j'aurois dû m'informer au Marchand de vin, en quel lieu j'étois, mais la honte de paroître ignorant me retint. Je fis une profonde reverence aux perſonnes que je trouvai dans la boutique, & je mis le pied dans la rue, mais un Garçon m'arrêta poliment, & me demanda ſi j'avois payé ? je lui répondis que je ne ſçavois ce qu'il me vouloit, dire.

dire. C'eſt , reprit il , qu'il faut
que vous donniés ſept ſols pour
la dépenſe que vous avez faite, au
moyen de quoi vous ſerés libre
de vous en aller. Mais, Monſieur, repliquai je , parlés plus
clairement , car je n'ai pas l'honneur de vous entendre. C'eſt de
l'argent que je vous demande,
me dit-il , en élevant ſa voix. Eh
que ne parlés vous , lui dis- je , à
mon tour,à peu près ſur le même
ton. Je tirai un louis de ma bour-
ſe , & je lui donnai. Il ſe radou-
cit à la vûe de mon air , & il me
dit, très civilement , qu'il alloit
me faire rendre mon reſte , je le
pris, & je lui donnai plus pour
boire que je n'avois fait de dépenſe.

Un Fiacre , que je vis venir
à moi , m'empêcha d'aller tout
droit , & je tournay par la petite
rue des Prêtres , au bout de laquel-

F

le je trouvai, fur ma gauche,
deux Eglifes, *Saint Eftienne du
Mont*, & *Sainte Genevieve*. J'entrai dans la derniere : j'y fus fra-
pé de la grandeur de quatre Tableaux, qui ornent les deux côtés
de la Nef. Je fuivis fur ma droite, & je me trouvai derriere le
Chœur, où je vis la Chaffe de
Sainte Genevieve, Patronne de
Paris: On prétend que l'on a em-
ployé cent quatre-vingt-treize
marcs d'argent, & huit marcs d'or
pour fa conftruction, & que ce
fut Robert de la Ferté-Milon,
Abbé de cette Maifon, qui la fit
faire en 1442. Cette Eglife ren-
ferme trois Tombeaux remarqua-
bles, celui de Clovis pour l'an-
tiquité, celui du Cardinal de la
Rochefoucault pour la magnifi-
cence, & celui de René Defcar-
tes, fameux Philofophe, pour
la confideration que l'on doit
aux Grands Hommes.

En fortant de cette Eglife,
j'allai droit devant moi, toujours
furpris à chaque pas, des nou-
veautés qui s'offroient à mes yeux.
De la rue Saint Jacques, j'entrai
dans celle des Mathurins, où je
fus arrêté à l'afpect de l'*Hotel de
Cluny*, qui en effet a quelque chofe de fingulier. On affure que
c'eft le refte d'un Palais de l'Em-
pereur Julien, furnommé l'A-
poftat, qu'il fit bâtir vers l'an
340. fous le nom de *Palais des
Thermes* : Plufieurs Sçavants
croyent que quelques uns de nos
Rois de la premiere Race y ont
fait leur féjour. Il y a apparence
que dans ce tems-là ce Palais
étoit hors de la Ville. Les Bains
de Julien l'Apoftat, qui font derriere l'Hôtel de Cluny, fe voyent
encore, & on y entre par la rue
de la Harpe, au fond d'une vieille maifon, qui a pour enfeigne,

la Croix de F*er*, où logent des Meſſagers. Il faut n'être guére curieux pour ne pas voir ce morceau.

J'allai paſſer ſur le Pont Saint Michel, croyant enfiler une rue, & de ſuite j'allai paſſer ſur celui que l'on nomme le Pont au Change, où j'eus bien de la peine à m'échaper de deux caroſſes, qui paſſerent à côté l'un de l'autre : encore les Cochers me chanterent-ils pouilles, de ce qu'ils avoient penſé m'écraſer contre une boutique.

Lorſque j'eus paſſé ſous le grand Châtelet, je trouvai que la Ville s'embelliſſoit à meſure que j'avançois : les maiſons, les Enſeignes, les Habitans mêmes, me paroiſſoient tout autres. Ce fut bien autre choſe, quand je me trouvai dans les rues *de la* F*erron-nerie*, *Saint* H*onoré* & *du* R*oule*.

Comme je ne ſçavois où j'allois, on ne doit pas s'étonner,
que je priſſe tantôt à droite, &
tantôt à gauche. Je regardois
tout ; la moindre Affiche m'ar-
rêtoit, & il étoit plus d'une heure, lorſque je me trouvai á l'entrée du vieux Louvre, vis-à-vis
Saint Germain de l'Auxerrois.

Quoique je fuſſe alors un-très
foible connoiſſeur, je fus ſaiſi
d'amiration à la vue de la façade,
qui eſt, peut être, ce qui eſt
de plus beau dans l'Univers, en
ce genre. Quel domage qu'un
ſi rare morceau ſoit maſqué par
des mazures : il ſemble que Monſieur de Voltaire ait penſé comme
moi, quand il a fait ces beaux Vers.

Monumens imparfaits de ce ſiecle
  vanté,
Qui ſur tous les beaux Arts a fondé ſa
  mémoire,

Vous verrai-je toujours, en attestant
     sa gloire,
Faire un juste reproche à sa postérité ?

Faut-il que l'on s'indigne alors qu'on
     vous admire,
Et que les Nations qui veulent nous
     braver,
Fieres de nos défauts, foyent en droit
     de nous dire,
Que nous commençons tout pour ne
     rien achever ?

Sous quels débris honteux, fous quel
     amas ruftique,
On laiffe enfevelis ces chefs-d'œuvres
     divins ,
Quel barbare a mêlé la baffeffe gothi-
     que
A toute la grandeur des Grecs & des
     Romains !

Louvre , Palais pompeux , dont la
     France s'honore,
Soit digne de ce Roi , ton Maître &
     notre appui ;

Embellis ces climats que sa vertu dé-
    core,
Et dans tout ton éclat montre toi
    comme lui.

Je sortis du Louvre par le *Cul
de Sac de l'Oratoire*, dont j'admi-
rai le *Portail*, avant d'entrer dans
la rue d'Orleans. En entrant dans
celle des deux Ecus, je vis le de-
bris de *l'Hotel de Soissons*. A ma
droite je lûs, au - dessus d'une
porte cochere cette inscription :
Aubri Traiteur, *à l'Hotel Saint
Antoine*. Cela me fit souvenir
qu'un Traiteur est un homme
qui donne à manger, & comme
je sentois quelque besoin de dîner, j'entrai dans cet Hôtel, où
je priai la premiere personne que
je trouvai, de vouloir bien a-
voir la bonté de me traiter. On
me servit fort proprement, &
beaucoup plus de mets que je ne

pûs en manger. Comme j'étois
au fait qu'on ne donnoit rien
pour rien, en fortant je donnai
ce qu'il falloit, je continuai ma
route par la *rue des Prouvaires*,
la pointe Saint Euftache, la rue Com-
teffe-d'Artois, & celle de Maucon-
feil. A ma droite je trouvai le
Caffé Italien, qui me fit croire
que j'étois effectivement à Rome.
J'entrai dans ce Caffé, & on
m'en fervit. Je n'en avois jamais pris ; de forte que je fus
embaraffé plus qu'on ne le peut
fe l'imaginer. Je fis figne au Garçon qui m'avoit verfé mon caffé d'approcher, & je le priai
tout bas de me dire la maniere
dont cette liqueur fe prenoit. Il
me regarda fixement, fe prit à rire, & s'en alla.

Je me doutai qu'il croyoit que
je me mocquois de lui. Je fis un
effort de génie. Je jettai le fucre
dans ma taffe, je pris la petite

cuilliere de ma main droite, je
tins la foufcoupe de la gauche,
je remuai mon caffé, le pris
tout doucement, & de cette
maniere n'ayant apprêté à rire
à qui'que ce fut de ceux qui
me regardoient avec attention, je fus perfuadé d'avoir
trouvé naturellement la bonne
façon de le prendre.

Je fis alors de nouvelles refle-
xions fur l'état de l'homme : il eft
heureux, difois-je, il va, revien,
court, s'arrête ; il trouve partout moyennant de l'argent, ce
qui lui eft neceffaire pour fes
befoins & pour fes plaifirs. La
face de la terre eft à lui, il peut
la parcourir fans aucun rifque ;
il traverfe des campagnes im-
menfes, perfonne ne l'attaque ;
il entre dans des Villes, où un
Peuple infini fourmille, on fe

range pour lui faciliter le paſſa-
ge ; ce Peuple tremble recipro-
quement pour la vie l'un de l'autre : chacun s'empreſſe à le ſervir, juſqu'à aller au devant de ce
qui peut lui être agréable.

En penſant de la ſorte, je me
trompois en quelque point, je
l'ai bien reconnu depuis ; mais
il faut avouer auſſi qu'un homme
ſage, prudent, poli, riche, a
de belles prérogatives, l'uſage
du monde le met au deſſus de ces
Dieux chimeriques, qui ſont de
pure invention des grands hommes des tems reculés.

Je voyois les perſonnes qui
ſortoient du Caffé s'aprocher
d'une groſſe femme qui occu-
poit un comptoir, & là, lui don-
nois plus ou moins d'argent. Je
m'en approchai à mon tour, elle
me demanda quatre ſols, je les lui
donnai, & je ſortis.

Un nouveau Spectacle s'offrit
à ma vue ; cinq ou six hommes,
de fort mauvaise mine étoient
plantés à côté & vis-à-vis un
bâtiment de peu d'aparence ; ils
avoient des habits bleus, & por-
toient sur leurs épaules des fusils.
Je crûs d'abord que c'étoit le
Palais de quelque Prince ; mais
je fus détrompé en lisant l'inf-
cription qui est au milieu de la
Façade de ce bâtiment. *Hotel des
Comediens Italiens Ordinaire du
Roy, entretenus par Sa Majesté,
rétabli à Paris, en l'Année* 1716.
Cette lecture fut pour moi une espece de conviction, que je n'étois
point à Rome, mais à Paris. J'a-
vois tant lû de merveilles de cette
Ville, que je ne fus point fâché de
m'y trouver.

Je m'assis sur un banc, qui dé-
pendoit du caffé d'où je venois
de sortir, & là j'examinois les

personnes qui entroient dans cet
Hôtel. Il en venoit dans des car-
rosses magnifiques, il en venoit
dans des fiacres qui avoient un
air misérable, il en venoit à pied ;
je remarquai que le plus aparent
de ces hommes vêtus de bleu,
& qui avoit un galon d'argent,
d'une honnête largeur, sur son
habit, avoit plus de déférence
pour les beaux Carosses que pour
les Fiacres, à qui il parloit d'un
ton menaçant, en leur montrant
une canne noir, qu'il tenoit à la
main, dont les deux extrémités
étoient blanches, je conjecturai
que cet homme commandoit cette
Troupe mesquine, & qu'il étoit
posé là pour maintenir le bon
ordre.

Un petit garçon, d'une figure
hideuse, s'aprocha de moi, &
me dit que j'avois besoin d'être
décroté. Il posa sa selle par terre,

venté. On m'a dit que ce fut un Docteur en Medecine de la Faculté de *Montpellier*, nommé *le Boux* qui mit le décroteur **en** ufage ; & qu'avant ce tems-là, on fe faifoit fuivre par un Domeftique , qui décrotoit fon Maître, à la porte des perfonnes à qui il alloit rendre vifite. Ce Medecin vivoit encore en 17 0, & demeuroit dans une Maifon à lui *rue Jean Pain Mollet.*

Il étoit plus de quatre heures , & le monde s'empreffoit d'entrer à la Comédie , je brûlois d'un défir fecret d'y entrer , mais je craignois de commettre quelque incongruité. Cependant j'eus affés de force pour triompher de ma foibleffe. Je m'avançai vers le Bureau du Théâtre , j'y jettai un louis : une perfonne, très bien faite , qui recevoit l'argent , me demanda poliment, à quelle place

G

je voulois aller. Je lui répondis,
où elle voudroit. Je vois bien,
reprit-elle, que Monsieur se des-
tine pour les secondes. Aussi-tôt
elle me lâcha un billet, qu'elle me
dit de donner à côté. Un homme, d'une mine assés honnête,
me fit signe de changer mon
billet à une grosse femme qui,
de sa rotondité, remplissoit une
espece d'armoire. Un garde, fort
vieux, me brédouilla quelque
chose, que je n'entendis point,
& je montai, en tâtonnant, à
la destination de mon billet.

En arrivant aux secondes Loges, je fus accueilli par une jeune
personne, fort aimable, qui prit
mon billet, en me disant que
toutes les places étoient prises.
Quoi, lui dis-je, Mademoiselle,
il ne vous resteroit pas un seul pe-
tis coin, où vous pûssiés me
placer ? je su is un étranger qui

voyage. Je ne demanderois pas
mieux que de voux fatisfaire, me
répondit elle, mais, mon cher
Monfieur, tout eft rempli,
jufques aux plus petits coins.
Montés ici deffus ajouta-t'elle,
je crois qu'il y a encore quelques
places; demandés Monfieur *Faucon*, c'eft un jeune homme fort
obligeant, & je fuis perfuadée
que vous ferés content de lui. Là
deffus, elle me fit la reverence
du monde la plus gracieufe, &
me tourna le dos, pour répondre, peut-être, la même chofe
à d'autres perfonnes.

Aux troifiémes Loges, je
trouvai un Vieillard vénérable,
qui me repréfenta parfaitement
la reffemblance de *Donquichotte
de la Manche*, je l'abordai, le pied
droit en avant, la tête baiffée
refpectueufement, & je le priai
de m'adreffer à un jeune Mon-
G ij

fieur nommé *Faucon*. Pour toute réponfe il me jetta un regard
où la colere & l'ind gnation
étoient peintes, je vous excufe,
me dit-il, je vois bien d'où ce
compliment-là eft émané, il ne
peut venir que de *Madelon*, qui
veut paffer pour une jeune folle, pendant qu'elle a quarante
bonnes années bien revolues.
Mais, n'importe, continua-t-il,
en m'adreffant la parolle, il n'eft
pas jufte qu'un auffi gracieux
Gentil-homme que vous fouffre
de l'efpiéglerie d'une prétendue
jeune perfonne; je vais vous placer, & je fuis fur que vous ferés
content de moi.

Ce bon Vieillard me mit dans
la derniere Loge fermée, de-
meurés là, me dit-il, vous en-
tendrés & vous verrés tout à
merveilles, je vais, ajouta-t'il,
changer votre contre-marque de

feconde en une de troifiéme, &
je vous raporterai vingt fols. Gar-
dés les, lui répondis-je, vous
me ferés plaifir. Soit, dit le bon
Vieillard, ce fera pour boire à
votre fanté ; & j'aurai foin de ne
mettre dans votre Loge que
d'honnêtes perfonnes.

Mon premier foin fut de pro-
mener mes regards fur mille
objets ténébreux qui s'offrirent
à ma vue, n'y démêlant prefque
rien je fus tenté de renoncer à
voir un Spectacle obfcur. J'en
fus détourné par l'arrivée de plufieurs perfonnes, qui fe place-
rent indifferament à côté & derriere moi.

Il arriva, en même tems, un
garçon de Caffé nommé *Noyau*,
qui portoit une lumiere, des ra-
fraîchiffemens, & quelques livres de Mufique, à la clarté de
fa chandelle, je vis que la De-

G iij

moiſelle qui étoit à ma droite
n'avoit rien que de piquant : elle m'examina auſſi à ſon tour,
& il me parut que ma phyſiono-
mie ne lui déplaiſoit pas. Pendant qu'elle prenoit une caraffe
d'orgeat, *Noyau* s'aprocha de
mon Oreille, & me dit tout bas.
Monſieur, achetés ce petit
Manuſcrit galant, que je vous
mets dans la main, je ſuis aſſuré
qu'il vous fera plaiſir. Comme
je ſuis très curieux de tout ce
qui s'appelle Litterature, je
pris ſon manuſcrit, & le priai
de m'aporter tout ce qu'il avoit
nouveau ; ce qu'il fit.

Il n'y avoit rien de bien in-
téreſſant dans ce qu'il me donna
de gravé, ou d'imprimé, mais
le manuſcrit m'intéreſſa ; quoiqu'en le liſant, je crus me reſſou-
venir de l'avoir vû imprimé quelque part. Peut-être me trompai-

je, & c'eft ce qui m'engage à
le tranfcrire ici , tel qu'on me
l'a vendu.

Traduction nouvelle de l'Epitre XI
d'Ovide. Canace à Macare.

SI cette trifte Lettre eft teinte de
     mon fang,
N'en foyez pas furpris, puifque de la
    main même,
Qui me fert pour l'écrire, au feul hom-
    me que j'aime,
Il faut que je m'en ferve à me percer
    le flanc.
Voilà quel eft l'état où me réduit mon
    pere,
Et c'eft le feul état où je puiffe lui
    plaire.
Que ne vient-il encor lui-même fa-
    vourer
Le funefte plaifir de me voir expirer?
Si mon bras étoit lent à fervir fa furie,
Ses yeux m'exciteroient à terminer ma
    vie.
Le barbare qu'il eft, j'en attefte les
    Dieux,
Verroit couler mon fang, fans détour-
    ner les yeux.

A force d'exercer fa longue tyrannie;
De tenir dans ies fers mille vents fu-
    rieux,
Il s'eft rendu cent fois plus indomp-
    table qu'eux.
Oui, ces vents dont le bruit imite le
    tonnerre,
Si-tôt qu'il a parlé, laiffent en paix la
    terre:
Il les dompte, & ne peut lui-même fe
    dompter ;
A toute fa fureur il fe laiffe emporter.
Son ame fe repaît des plus cruels fu-
    plices.
Ses Etats, quoique grands, font moin-
    dres que fes vices.
Que me fert de compter au rang de
    mes ayeux
L'arbitre fouverain des hommes & des
    Dieux,
Puifqu'avec ce poignard, don fatal de
    mon pere,
Ma main doit aujourd'hui terminer
    ma carriere !
Plût aux Dieux que la mort, que je
    vois en ce jour,
Mon frere, eût dévancé notre funefte
    amour !

Hélas ! hélas ! pourquoi vous ai-je été
    plus chere

Que jamais une fœur n'a dû l'être à
    fon frere ?

Pourquoi moi-même auffi , pour com-
    ble de malheur

Fis-je bien plus pour vous que ne dût
    une fœur ?

Pourquoi faut-il qu'un Dieu , fe glif-
    fant dans mon ame

Se plût à l'embrafer d'une invincible
    flamme !

Mais je fentis des maux inconnus à
    mon cœur ,

La pâleur fe voyoit peinte fur mon
    vifage ,

Du tranquille fommeil je perdois la
    douceur ,

Chaque jour ajoutoit à la trifte mai-
    greur ,

Qui confumoit ma force , & m'ôtoit
    le courage.

Je brûlois , je le vois , d'une fatale ar-
    deur.

Plus je faifois d'efforts pour pénétrer
    la caufe

De ce nouvel état , & moins je la trou-
    vois.

A des maux infinis l'amour naissant
    expose.

J'aimois, je le vois bien, sans sçavoir
    que j'aimois.

Que n'ai-je conservé cette heureuse
    ignorance !

Mais ma Nourrice sçût, par son ex-
    périence,

La première trouver la source de mon
    mal.

Vous aimez, me dit-elle ; une honte
    secrette

Me fit baisser les yeux, & fut mon in-
    terpréte.

N'étoit-ce point assez faire un aveu
    fatal !

Pouvois-je la tromper, puisque de ma
    grossesse

J'apperçevois déja des signes trop cer-
    tains ?

Que ne fit-elle pas ? Quels secours in-
    humains

N'essaya pas sur moi sa cruelle ten-
    dresse,

Pour sauver mon honneur, en arra-
    chant le jour

A ce gage innocent d'un criminel
    amour !

Mais, malgré tout son Art, l'enfant,
    trop plein de vie,
Se sauva des efforts d'une main enne-
    mie
Qui, jusques dans mon sein l'attaquoit
    vainement;
Et déja je touchois au terme inévitable
De mettre au jour le fruit d'un amour
    détestable,
Lorsque je me sentis frapper cruelle-
    ment
De certaines douleurs qui m'étoient
    étrangeres.
J'étois si neuve encor, VENUS, à tes
    misteres,
Que je ne songeois pas à cacher mon
    malheur,
M'abandonnant aux cris qu'excitoit
    ma douleur:
Mais à les étouffer ma Nourrice m'a-
    nime,
Et la main sur ma bouche elle em-
    ploya ses soins,
Pour que du triste état où m'avoit mis
    mon crime,
Je n'eusse qu'elle seule & les Dieux
    pour témoins.

L'effort que je me fis rendit ma peine
extrême.

Je m'ôtai le secours des soupirs & des
pleurs,

Que l'honneur & la crainte, & ma
Nourrice même

Condamnoient tous les trois avec tant
de rigueurs.

Dans ce cruel état, à mon honneur
fidelle,

Je souffre, sans me plaindre, une douleur mortelle,

Je dévore mes pleurs : La mort devant
les yeux,

Je n'attends de secours des hommes
ni des Dieux.

LUCINE, qui prévient la mere légitime,

Semble, par ses refus, désavouer mon
crime.

D'un nouveau crime encor j'aurois
noirci mes jours,

Si du secret gardé j'eusse été la victime.

Vous seul vintes enfin me donner du
secours.

Il me souvient encor de vos tendres
discours,

Lorsqu'approchant du lit où j'étois
étendue,

H

Vous sçûtes rappeller l'espérance perdue,

Et ranimer mon cœur par vos embras-
 semens.

J'aime à me souvenir de ces empresse-
 mens.

Vivez, me disiez-vous, l'amour vous
 en conjure,

Moi-même, votre enfant, les loix de
 la nature,

Vivez, ma chere sœur : Espérons quelque jour,

De voir un doux hymen couronner
 notre amour ;

Et devenue alors épouse légitime,

Nous aurons la douceur de nous aimer sans crime,

Quoique déja je fusse aux portes du
 tombeau,

Sensible à ce discours, je revis la lumiere.

Et me sentis bien-tôt délivrer d'un
 fardeau,

Ouvrage malheureux d'une sœur &
 d'un frere.

Il n'est pas encor tems d'applaudir à
 mon sort,

Difois-je triftement, pour éviter la
   mort,

Songeons à dérober mes crimes à mon
   pere.

Ma foigneufe Nourrice, en ce cruel
   inftant,

D'un feuillage trompeur envelope l'en-
   faut,

Et feint d'aller offrir au Ciel un fa-
   crifice

Pour tâcher de le rendre à ma fanté
   propice ;

Et pour mieux impofer, prononce, à
   demi-bas,

Certains mots concertés avec tant d'artifice ,

Que le peuple abufé ne la foupçonne
   pas,

Et refpectant les Dieux n'ofe arrêter
   fes pas.

Le Roi même s'y trompe, il permet
   qu'elle forte ;

Mais à peine étoit-elle à deux pas de
   la porte ,

Que des cris indifcrets , échapés à l'enfant ,

Rendirent , malgré nous, l'artifice im-
   puiffant.

H ij

Eole , transporté de colere & de rage,
Dès qu'il a découvert ce mystere d'hor-
        reur ,
Se saisit de l'enfant , l'enleve avec fu-
        reur.
Ce malheur acheva de m'ôter le cou-
        rage.
Je me sentis frapper d'une horrible
        frayeur.
    Quiconque a vû la mer, par les vents
        tourmentée ,
Peut se peindre l'état de mon ame agi-
        tée.
De divers mouvemens & d'amour &
        de peur ,
Mes membres frissonnans ébranlerent
        ma couche ;
Et la crainte glaçant ma langue dans
        ma bouche ,
Je ne pûs faire alors que répandre
        des pleurs :
Mais loin d'ensevelir à jamais ces
        horreurs ,
Mon pere , le premier, oubliant sa
        nature ,
Fit de mon déshonneur éclater l'a-
        venture.

Hélas ! peut s'en fallut, tant il est in-
 humain,
Que sur ce malheureux il ne portâ ta
 main.
Puis poussant à l'excés les marques
 de sa haine
Qu'on l'expose, dit-il, dans la Forêt
 prochaine
Qu'aux Tigres, qu'aux Vautours il
 serve d'aliment.
A peine il aporté la cruelle Sentence
Que cet enfant, hélas ! gémit si trif-
 tement,
Qu'on eût dit qu'il avoit déja du sen-
 timent,
Et qu'il vouloit *d'Eole* implorer la
 clémence.
 Que croyés vous, mon frere, ô
 Deix ! que croyés vous
Que dévint une mere à ces funestes
 coups ?
Je sentois doublement déchirer mes
 entrailles,
Vivante, je voyois mes propres fu-
 nerailles.
Dès qu'on eût arraché cet enfant de
 de mon sein,

Ne vivant qu'à demi , je formai le
    deſſein

D'achever de trancher la trame in-
    fortunée

D'une vie aux malheurs par les
    Dieux condamnée ;

Et de mes propres mains je déchirois
    mon cœur ,

Lorſque je vis entrer un Garde de
    mon pere

Qui, venant m'aporter un ordre trop
    ſevere ,

Me dit les yeux baiſſés , & pleurant
    de douleur :

Eole m'a chargé de metre cette epée

Entre vos mains, Madame : il dit que
    vous vous ſçavés

Comme il en faut uſer , ce que vous
    vous devés.

Je le ſçais , dans mon ſang elle ſera
    trempée.

Dit-lui que j'aime aſſés ce funelte
    préſent

Pour vouloir l'enfermer moi-même
    dans mon flanc.

Quoi donc ? ſi c'eſt ainſi que tu dotes
    ta fille ,

Qui voudra déformais entrer dans ta
    Famille ?

Dieu de l'himen , allés , allés por-
    ter ailleurs

Qu'en ce trifte Palais, vos chants &
    vos douceurs.

Au lieu de vous , ici, que les noires
    furies ,

Pour me réduire en cendre , allu-
    ment leurs flambeaux

Et vous, mes cheres fœurs, de l'hi-
    men plus chéries ,

Coulés en paix des jours plus ferains
    & plus beaux ,

Oubliez, s'il fe peut mes malheurs
    & le crime

Dont je fuis aujourd'hui la trop jufte
    victime.

Mais quel crime a commis cet en-
    fant malheureux,

Puifqu'à peine il eft né ? faut-il que
    de fon pere

Il s'attire déja la haine & la colere?

Tout innocent qu'il eft les deftins
    rigoureux

Vangeront-ils fur lui le crime de fa
    mere ?

Trop malheureux enfant, source de
    tous mes maux,

Deſtiné pour ſervir de proie aux
    animaux,

Hélas! malheur à moi de t'avoir
    donné l'être,

Pour te voir déchirer preſqu'auſſi-
    tôt que naître.

Funeſte gage enfin, de nos tendres
    amours,

Le premier fut pour toi le dernier de
    tes jours.

L'on ne m'a pas permis de pleurer
    ſur ta cendre,

D'aller ſur ton bucher m'arracher
    les cheveux,

Je n'ai point pris ſur toi ces baiſers
    malheureux,

Triſte & dernier plaiſir d'une mere
    trop tendre.

Comment aurois-je pû goûter cette
    douceur,

Puiſqu'en voyant le jour on t'arra-
    che le cœur,

Le poignard dans le ſein, j'irai cher-
    cher ton ombre,

Et tes manes errans ſur le rivage
    ſombre:

J'expire fans regret efpérant t'y re-
    voir
Et vous, mon frere, en qui j'avois
    mis mon efpoir,
Avec un foin extrême ordonnez
    qu'on raffemble
Les membres difperfés dece fils mal-
    heureux,
Sur le même bucher que l'on nous
    brûle enfemble,
Et que dans la même urne on nous
    mette tous deux.
    Je n'exige plus rien qu'une trifte
    mémoire
Des malheurs dont le ciel a chargé
    notre hiftoire
Et qu'au nom de l'amour, dont j'ai
    brûlé pour toi,
Tu répandes des pleurs fur ton fils
    & fur moi:
Remplis exactement ma volonté
    derniere.
Adieu, je vais répondre aux ordres
    de mon pere.

La lecture de ce morceau de Polie me fit verfer les premieres larmes dues au fentiment : qu'il eft beau d'en répandre par humanité que je plains ces ames dures qui n'ont jamais pleuré : un plaifir bien délicat leur eft caché ; certainement l'Auteur de la nature n'a pas mis la derniere main à la conftruction de leur cœur.

Je fortis de la profonde tê erie, où je me trou ai plongé, par un coup de fonnette qui me fit tre aillir d'une efpéce de frayeur. On va allumer, dit tout haut ma eune voifine, voilà *Thomas* qui tient la queue de la cloche, & qui la fecoue de bonne forte.

Effecti ement quelques minutes après je vis la falle auffi éclaïrée qu'en plein jour : e diftinguai avec plaifir l'arranggement œconomique des Spectateurs ; &

fur tout les loix de la décence
par tout obfervés, fans aucun
tumute ; il s'embloit qu'un Dieu
caché préfidoit fur toute l'affem -
blée.

Je ne m'attendois pas à l'agréable
furprife, qui devoit m'arriver , ce
fut lorfque l'Orcheftre joua l'ouverture. Je crûs être tranfporté
dans l'Olimpe , & que les
Dieu jouoient eux-mêmes de
divers inftrumens, afin de me
faire goûter parfaitement les dé-
lices de la Mufique.

En effet , rien ne flate fi agréablement les oreilles des perfonnes
fenfées que les accords multipliés
d'une Orcheftre bien entendue ,
& conduite par un homme intelligent , qui n'a que le bon goût
feul pour Maître.

Ma voifine, qui brûloit, en fecret , de lier converfation avec
moi, fe fervit deune l'efpece d'en-

thoufiame où elle me voyoit,
pour me parler : avoués, me dit-
elle, qu'après l'Opera, l'Orchei-
tre des Italiens eit la meillieure
de Paris. celle-ci eft, gouver-
née par *Salomon*, premier violon,
dont les talens répondent à la
place qu'il occupe *Blaife* eft un
baffon excellent, qui poféde,
à fond l'Art de la plus gracieufe
compofition; *Colefe*, joue du
violon celle à joûter contre les
plus habiles en cette partie : *Bouc-
het* & *Soret* font de fort bons
violons : *Petit* eft un hau-bois, qui
ne cede rien à *Lavaux*, dont les
premiers menuets, on fait tant de
bruit fur le premier, a outa t'elle, voici des parolles, qui m'ont
parues fort olies : elle me les
chanta à l'oreille.

Qu'on eſt fou de Madelon,
Oui, toujours l'on aime ſon
Qu'on eſt fou de Madelon,
Non, rien n'eſt ſi mignon.
　　Dans ſes beaux yeux,
　　La demeure des Dieux,
　　On lit ſon bonheur,
　　Elle enchaîne le cœur,
　　Partout on la baiſe,
　　Toujours à ſon aiſe,
　　Sans craindre ſon,
　　Qu'on eſt fou de Madelon,
　　Oui, toujours l'on aime ſon
　　Qu'on eſt fou de Madelon,
　　Non, rien n'eſt ſi mignon.

En finiſſant, elle me ſerra la main:
croyant faire une bonne action,
je ſerrai la ſienne : elle répondit
ſi tendrement à mon tranſport,
que je la regardai comme une
perſonne qui devoit m'être chere.

　On leva la toille, & je vis pa-
roitre les Acteurs qui, ſans me
divertir, m'intéreſſerent infini-

I

ment. L'illusion du Théâtre a des charmes pour tout le monde ; sur tout pour les personnes qui voyent le spectacle pour la première fois.

Vous étes enchanté, me dit ma gentille voisine ; je partage le plaisir que vous goûtés ; & je vais, ajouta-t'elle, vous le rendre bien plus sensible, en vous nommant les Acteurs, & en vous faisant connoître leurs talens, & le cas qu'en fait le Public.

L'amoureuse, qui parle actuellement, se nomme Mademoiselle *Biancolelli*, qui, à sa taille majestueuse, joint le talent, la mémoire & les graces qui conviennent pour bien rendre un rolle.

L'amoureux, qui la presse de s'expliquer, se nomme *Sticotti* : il a de l'esprit, & il seroit un des bons Acteurs de la Comédie Italienne, si, trop Philosophe, il ne préferóit pas le plaisir d'éxister, à celui de se rendre recommandable par les talens naturels qu'il a reçûs du Ciel, & que par indolence, il refuse de mettre en usage.

La Soubrette est une petite fille, qui est devenue grande depuis peu, & qui joue joliment une soubrette, & même des amoureuses avec toutes les graces de la jeunesse ; son nom est *Astraudi*.

L'acteur qui entre, se nomme *Riccoboni*: c'est un génie supérieur en tout genre, qui joue noblement tous les rolles, & qui joint au talent d'être Auteur, le mérite d'être le plus honnête-homme du monde.

Celui qui joue le rolle de valet se nomme *Delesse*, & l'on peut le citer comme le plus excellent Acteur qui soit en *France*, pour les valets, les peres & les paysans : il joint à ce talent gracieux celui *de la Coregraphie,* & c'est pour ainsi dire le seul homme à Paris, qui compose le plus élegament un ballet l'honneur quil a de composer les Ballets pour les petits apartement du Roi, est une preuve évidente de son mérite.

L'amoureuse que vous voyés jouer si naturellement, se nomme *Silvia* : on peut dire qu'elle est une des premieres Actrices de l'Europe, & qu'elle fait l'admiration de tous les connoisseurs.

L'Actrice qui fait *Frosine*, est l'Epouse du sieur Dehesse : elle met autant de graces dans son jeu, quil en faut pour se faire estimer du Public.

Celui qui fait le rôle de pere se nomme *Mario*, Acteur très-utile, & qui s'est rendu recommandable par sa probité.

Je la remerciai de m'avoir mis au fait des Acteurs : mon atten-

tion m'en fit mieux goûter la piè-
ce, dont le second Acte me parut un chef d'œuvre pour les
coups de Théâtre.

Pendant un des Entr'actes, je
lûs une des feuilles que *Noyau*
m'avoit apportées, & j'y trouvai
les paroles qui suivent.

LES OEUFS DE PASQUES,
Vaudeville.

Jacques & Collete amoureux,
A Pasques doivent vivre ensem-
ble ;
Mais, sans le contract tous les deux,
D'avance l'amour les assemble :
Assis au bord d'un clair ruisseau,
Collette, en gardant son troupeau,
Sans cesse apelle son cher Jacques :
Viens me donner mes œufs de Pas-
ques.

Jacques, qui reconnoît sa voix,
Accours, sensible à sa tendresse ;
Quoi, dit il, objet de mon choix,
Ta flame à mon feu s'intéresse !
Pénétré jusqu'au fond du cœur
De l'éxcès de ta vive ardeur,
Collette, ton cher ami Jaques,
Va te donner *tes œufs* de Pasques.

Il lui prend la main tendrement,
Et transporté d'amour l'embrasse ;

Ensuite, je ne sçais comment,
Il parut aussi froid que glace.
Collette, qui sent de Venus
Moins les graces que les vertus,
En pleurant lui dit , mon cher Jac-
    ques,
Sont-ce donc là mes œufs de Paf-
    ques ?

Jacques lui répond , consterné,
Nous sommes encore en carême ,
Et le devoir d'un cœur bien né
Est de triompher de soi-même.
Collete le prend par le bras :
Non , tu ne m'échaperas pas ;
Il faut à l'instant, mon cher Jac-
    ques ,
Que j'obtienne mes œufs de Paf-
    ques.

Là dessus prenant son parti ,
Il devint aussi chaud que braise ;
Et Collette, qui l'est aussi,
Pour mieux l'encourager le baise.
Quand on aime bien , quels plaisirs !
Tout enchante jusqu'aux soupirs.
Ah! que je t'aime, mon cher Jacques!
Tu me donnes mes œufs de Paf-
    ques.

Jacques, ainſi qu'auparavant,
Reprend ſa froideur coutumiere,
& ſans être deux fois galant,
Veut ſe retirer en arriere.
Colette le retient encor:
Tu veux déja prendre l'eſſor!
Ne ſçai-tu pas bien, mon cher Jac-
    ques;
Qu'il me faut plus d'un œuf de
    Paſques ?

Sans differer, Jacques galant,
Après quelque tems de ſilence,
Donne à Colette, en l'embraſſant,
Des preuves de ſa complaiſance.
Voit, dit il, objet de mes vœux,
C'eſt toi qui me rends amoureux.
Ah ; je le ſens bien, mon cher Jac-
    ques ;
Pour le coup, j'ai mes œufs de Paſ-
    ques.

Demain, reprit-elle, en ces lieux,
A l'ombre de ce verd feuillage,
Guidé par l'amour & les jeux,
Viens me rendre encor ton hom-
    mage:
Mon cœur ſuivra toûjours ta loi,

Je n'aimerai jamais que toi ;
Mais songe à ton tour, mon cher
      Jacques,
A m'amasser des œufs de Pasques,

La petite Piéce étant com‑
mencée, ma Voisine quitta la con‑
versation d'une femme entre
deux âges, qui étoit à côté d'elle,
pour me dire qu'elle avoit oublié
de me nommer la Piéce que l'on
venoit de jouer, c'est ajouta-elle
les *Contretems* Comédie en trois
Actes & en Vers de Monsieur
Lagrange : il a tiré ce sujet d'une
Comédie Italienne, qui se jouoit
autre fois sous le titre de *la Maison
à deux Portes* : mais la petite Piéce
que l'on joue actuellement, est
veritablement Italienne, & nou‑
velle, on l'apelle *les funerailles
d'Arlequin*. La jeune Actrice, con‑
tinua ma Voisine, qui fait le rolle
de Soubrette, se nomme *Coraline*,
elle est très aimable ; & ses talens

pour la Comédie & pour la dan-
fe égalent fa beauté.

À peine finiffoit-elle de parler, que le Parterre claqua beaucoup des mains, à l'arrivée d'une
figure extraordinaire : fans fçavoir pourquoi, je claquai auffi.
Vous êtes déja connoiffeur, me
dit-elle ! vous *aplaudiffes* l'Acteur le plus cheri qui foit au monde, & capable de guérir de la
mélancolie.

J'ay fenti du plaifir à le voir,
répondis-je, & je me fuis laiffé
emporter à l'inclination qu'il a
fait naître dans mon cœur. Dites
moi, ajoutai-je, le nom d'un
Acteur dont vous faites tant de
cas. C'eft *Carlin* repartit-elle, le
plus aimable Arlequin qui foit
en France : il attire beaucoup de
perfonnes par l'excellence de fon
jeu ; fur tout il attire les Dames
avec la complaifance qu'il a de

parler François, par là, il fait
entendre le sujet de la Piéce, &
le rend intereſſant, par le Comique
qu'il y répand. *Scapin* parut enſuite, & elle m'en fit auſſi l'éloge,
de même que de *Pantalon*, & de
Monſieur *Rochard*, dont elle
éleva beaucoup les talens pour la
Comédie & le chant gracieux.
Ayant eu occaſion de le voir plu-
ſieurs fois depuis j'ai trouvé qu'elle m'en avoit parlé avec connoiſſance de cauſe, & qu'en effet il
joue avec bien du gout tous les
rôles qu'il choiſit, mais ſur tout
qu'il chante avec toutes les graces imaginables.

Le *Palais des Fées*, Feu d'artifice, mit le comble à ma ſatisfac-
tion. Ma belle interprete ne man-
qua pas de me dire que les freres
Rugieri ſont les Auteurs de tous
les Feux que l'on a vû ſur le Theâ-
tre Italien, & que celui là étoit
un des plus ingénieux.

Je fortis de ce lieu enchanté
en donnant la main à ma Voifine, qui m'offrit de me donner à
fouper: fans que je fçuffe ce qu'elle
entendoit par ce mot : je l'ac-
ceptai : je montai chés elle à l'entrée de la rue *Montorgueil*. Elle
commença par fe déshabiller
pour mettre un cafaquin. Je ne
perdois rien de toutes fes actions.
A la vue d'une très belle gorge ,
je fentis certain defir qui m'étoit
alors inconnu.

Que mangerés vous bien, me
dit-elle ? ce qu'il vous plaira,
lui répondis-je. Là deffus elle
me demanda de l'argent, & elle
fortit pour aller à la provifion.

Me trouvant feul , dans un
Apartement affés propre, je me
promenai en long & en large,
refléchiffant , autant que je le
pouvois, fur ma fituation préfen-
te. Je fentois qu'il me manquoit
quelque

quelque chofe, que je ne jouif-
fois pas d'un plaifir pur, que la
vertu, qui eft l'appanage des
hommes, & leur véritable bien,
étoit bleflée de mon procédé.
Mais je n'étois pas coupable volon-
tairement, mon inftinct, calma
les frayeurs qui venoient de naître dans mon ame. Je fus très
furpris de voir un homme qui fe
promenoit à côté de moi: je reculai trois pas, & cet homme reculla
de même, cette action m'ouvrit
les yeux & je vis que c'étoit un
miroir qui me repréfentoit mes
mouvemens.

On fentira facilement que ma
furprife étoit fondée, car un miroir a quelque chofe d'admirable,
pour un homme qui en voit un
pour la premiere fois. Je fus arrêté
par un autre objet qui fit fur mon
cœur des effets bien differens;
c'étoit le Portrait d'un homme

K

pour lequel je me sentis une tendresse & un respect infini. Quand
Mademoiselle *Catinon* fut rentrée,
(car mon Hôtesse, que je tenois
du hazard, se nommoit ainsi) je
lui demandai, avec empressement,
ce que représentoit ce Tableau,
qui m'avoit affecté si prompte-
tement. Elle me répondit, qu'elle
n'étoit point étonnée de la rapidité de mon inclination, pour
le Portrait du plus aimable des
Rois. Ce Tableau représentoit
Louis XV. dont mes yeux & mon
cœur ont été enchantés toutes les
fois que j'ai eu le bonheur de
le voir.

Comme j'ignorois que la nuit
succédoit au jour, j'eus une frayeur mortelle lorsque je vis le tems
s'obscurcir. Heureusement que
Mademoiselle Catinon entra
dans le momment & me calma,
en batant le briquet. Je fus sur-

pris de la promptitude avec laquelle elle éclaira la chambre;
j'eus la prudence de n'en rien
témoigner, de crainte de me faire paffer pour un homme extrêmement ignorant.

Nous nous mîmes à table auffi-
tôt : elle me fervit très poliment ,
& elle me conta fon hiftoire de
cette maniere.

*Hiftoire de Mademoifelle Ca-
tinon.*

Quoique vous foyés un jeune
homme , qui n'avés pas encore
beaucoup d'experience , vous me
paroiffés fi fage & fi raifonna-
ble , que je ne puis me difpenfer
de vous apprendre par quel accident je fuis obligée de faire le
trifte métier que vous voyés.

Je fuis native de *Dijon*, d'une
Famille honnête , mais qui n'eft
point riche. J'ai à préfent plus de
vingt deux ans , & je n'en avois

que feize lorfque la Préfiden-
te ˣ⁎, me prit à fon fervice,
en qualité de femme de Chambre : fon mari, qui étoit un vieux
paillard, ne tarda pas à conce-
cevoir quelque efperances de triompher de ma vertu ; il tenta
d'en venir à bout, & il s'y prit fi
bien qu'il réuffit pleinement.

Quand il s'aperçut que j'étois
enceinte, il m'obligea de demander mon congé, & il me
fit partir pour Paris, & m'adref-
fa à une vieille femme de fa con-
noiffance, qui étoit une véritable Marchande de pechés mortels;
car je ne fus pas plutôt arrivée
chés elles que contre mongré,
elle me fit travailler.

J'accouchai d'un beau garçon,
que l'on m'enleva pour le faire
nourir aux enfans trouvés, fou pre-
texte de me rétabilr plutôt. Je crus
bonnement ce que la vielle me

difoit; mais lorfque je fus relevée, quel fut mon chagrin d'ap rendre que mon enfant étoit perdu pour moi. Je verfai un torrent de larmes, & je ne me confolai qu'a vec le tems.

La vieille voulut me faire continuer à lui procurer de l'argent, aux dépens de mon honneur, mais je ne voulus jamais y confentir, & un fort honnête Eccléfiatique, à qui je me confiai, me mit auprès d'une Dame de charité de ma Paroiffe.

Cette bonne Dame avoit un fils, Confeiller au Parlement, qui me regarda avec les mêmes yeux du Préfident de Dijon, & qui vint comme lui à bout de fes deffeins. Mais celui-ci me déroba à fa mere, me mit dans un quartier éloigné, dans un apartement très honnête, & il vécut avec moi, près de trois ans, me

K iij

faifant tous les jours quelque préfent, & me traitant avec les
m êmes égards qu'il auroit eus
p our une femme.

Malheureufement pour moi &
pour lui, il eût l'imprudence de
m'amener un foir un de fes amis,
Confeiller de fa Chambre, mais
beaucoup plus beau & plus fpirituel. Le fouper fut très gai ; &
j'avoue que je me fentis du pen-
chant pour l'ami de mon Amant.
On fe retira fort avant dans la
nuit.

Quelques jours après, mon A-
mant revint avec fon ami ; &
il trouva occafion de me dire
tout bas qu'il m adoroit. Je lui
répondi à peu près fur fe même
ton, & nous prímes heure pour
nous voir le lendemain.

Il vint au moment marqué. Si
le plaifir de voir un homme aimable eft un crime, j'en fis un

grand ce jour là, mais je payai cher les douceurs que l'amour volage me fit goûter. mon A-mant arriva lorsque je l'attendois le moins, il nous trouva dans un certain désordre qui lui fit penser que j'étois infidelle ; il n'en té-moigna rien, mais ils sortirent ensemble,& en chemin ils se que-rellerent jusqu'à en venir aux mains.

Quoiqu'ils fussent tous deux de Robe, ils se battirent en duel, & mon nouvel amant eût le mal-heur de recevoir une ble ure de laquelle il mourut le jour même.

Ja'ppris cet accident par une lettre foudroyante de mon Con-seiller : il me marquoit, dans les termes les plus méprisans, que j'eusse à l'oublier, que cependant, par un trait d'humanité & de comiseration, il me laissoit tout ce qu'il m'avoit donné.

Cette nouvelle m'accabla : je vis ma faute dans tout son jour, & je pris le parti de changer de demeure & de nom, suivant le conseil charitable que mon Amant me donnoit à la fin de sa lettre.

Un Abbé, dont je fis la connoissance à l'Opera, m'entretint pendant quelques mois, mais il me donnoit si peu, & il étoit si jaloux, que je l'ai remercié depuis peu pour me mettre entierement à moi. Je ne vais qu'à la Comédie Italienne, & je ne m'adresse qu'à de jeunes gens aimables & sages comme vous, ou à des vieillards généreux ; mais tout bien consideré, je cro s que je vais me marier à un maître Boutonnier qui m'aime, & qui me prend pour une fille hors de condition.....

Voila tout ce dont je me souviens de l'histoire de Catinon,

car, comme elle avoit apporté deux bouteilles de vin de Bourgogne, & qu'en parlant elle m'en verſoit ſouvent, je me trouvai étourdi au point de perdre connoiſſance.

Apparamment que la complaiſante Catinon eut la bonté de me deshabiller, & de me mettre dans ſon lit, car le lendemain matin je me trouvai couché à côté d'elle.

Qu'on ſe mette à la place d'un jeune homme qui ne ſçait rien, qui n'a rien vu, & qui ſe trouve auprès d'une très-belle & jeune perſonne qui dort, & qui ne cache rien des préſens que la nature lui a faits. Je n'oſe dire les mouvemens que je ſentis, quoique le plaiſir en fut le motif. Craintif, timide, je regardois des beautés qui étoient toutes à moi ſans que j'oſaſſe ſeulement y appliquer ma

bouche, qui bruloit de leur rendre hommage.

Dans l'étourdiſſement où tout
ce que je voyois me mit, retenu
par la pudeur, ſe ſautai à bas du
lit, ſans éveiller la belle Catinon,
que l'amour m'inſpira de conſi-
derer dans l'état heureux où je
la voyois. Comme je ne m'étois
jamais habillé ſeul, je fus em-
barraſſé de ſâvoir quelle de façon
comment je m'y prenderois
pour raſſembler mes habits, que
je voyois épars çà & là. Je mis
d'abord mes ſouliers, puis mon
habit ; enſuite je voulus mettre
ma chemiſe, puis mes bas & ma
culotte, mais ce fut envain que
je le tentai.

Pour me tirer d'affaire, je fus
obligé d'éveiller ma belle ati-
non à qui je dis, qu'ayant toujours été ſervi juſqu'à ce iour, je
ne pouvois venir à bout de m'ha-
biller moi-même.

Après qu'elle fe fut frotté
un peu les yeux, elle eut la complaifance de s'afféoir fur fon lit ;
& elle me pria de lui donner les
nipes qu'elle m'indiqua, & qui
lui étoient néceflaires pour fe
lever.

On a bien raifon de dire que
l'homme né galant l'eft toujours ; je
goutai un plaifir fingulier à lui
donner, une à une, chaque chofe
dont elle avoit befoin, & à cha-
cune j'avois une fatisfaction parfaite à la lui voir mettre en place.

Dès qu'elle fut de bout, elle
m'ind qua la maniere de m abiller
& même elle voulut bien y em-
ployer de tems en tems fes belles
mains. Me voilà, me dit elle, à
peu près, dans la fituation de
la Courtifane amoureufe de *Ra-*
fontaine, je vous habille ce matin, mais hier au foir je fis tout

le contraire : je vous aime autant
qu'elle aimoit celui qui la redui-
sit , mais vous êtes bien loin des
manieres dures qu'il employa , &
qui n'ont jamais été admises par
la Nation Françoise.

Lorsque je fus , à peu près ar-
rangé comme la veille, elle me fit
déjeuner des débris du soir, et
elle me raconta la surprise que
je lui avois causée en me trouvant pris de vin , presque en un
clin d'œuil ; elle me fit confi-
dence de la peine qu'elle avoit
eue à me déshabiller & à me coucher. la pinture fidelle qu'elle
me fit de l'état où l'excès du vin
réduit les personnes les plus rai-
sonnables , m'a donné une secret-
te horreur pour l'yvrognerie , &
je me suis si bien observé depuis
que jamais je n'y suis retombé.
Heureux les hommes qui de-
viennent sages à leurs dépens !

& plus heureux encore ceux qui peuvent l'être aux dépens d'autrui ! il ne leur en coûte que la douleur d'étudier d'après les lextravagances du prochain.

Brûlantdu défir de remplir le vœu que j'avois fait d'aller à Rome, je quittai la belle Catinon, très content de fes belles manieres, & elle de ma générofité ; mais il eft certain que je ne pouvois trop payer une fille de fon métier, qui en avoit agi avec moi d'une façon fi honnête. fi malheureufement j'étois tombé dans d'autres mains, que fçai-je ce qui me fut arrivé ? ainfi, malgré fon libertinage, je ne ceſſerai de m'en fouvenir avec reconnoiſſance.

En fortant de chés elle, j'en filai la rue *Beaurepaire*, celle du *Renard*, qui me conduifit dans la *rue Saint Denis*. Là je pris à gauche, & bien-tôt j'aperçûs la por-

L

te de ce nom, qui me parut un ouvrage de conséquence, & qui donne une grande idée de la Ville de Paris, dont cette Porte est la plus belle: elle a soixante & douze pieds de hauteur. En passant dessous, comme je considerois cette Porte avec une espece d'admiration, un plaisant; qui connut sans doute que jétois bien neuf, m'avertit ironiquement de baisser la tête. e fus assés bon de lui obéir. Aussitôt un *chorus* de risées m'environna, & je n'échapai aux railleries, qu'en riant aussi, & gaingant la grille du Faubourg, que je voyois devant moi.

Lorsque j'y fus arrivé, je tournai à gauche, à ma droite je vis un Canal, où rouloit doucement un peu d'eau; il n'en fallut pas d'avantage pour me faire croire que c'étoit *la seine*, pen-

dant que ce n'eſt que l'Egout
dont Monſieur *Deturgot*, Prévôt
des Marchands, a entr'autres
beaux Ouvrages, embelli la Ca-
pitale du Monde.

Je ſuivis le Rivage, admirant les Jardins & les Palais qui
le bordent, juſqu'au Faubourg
Monmartre, où je vis que la
Riviere ſe perdoit à ma vue,
en paſſant ſous un Pont de pierre.

Je pourſuivis mon chemin par
ma droite : je fus étoné de trouver des Troupes ſous les Armes ;
je craignis d'être en Pays ennemi ; mais je paſſai ſans recevoir
la moindre inſulte : c'étoient des
Soldats au Gardes, qui faiſoient
ſentinelle à la porte de leur Corps-
de-Garde.

Je montai par les Porcherons,
où je ne vis que des Cabarets
remplis de monde qui chantoit

bûvoit & danſoit. Je me hazar-
dai d'entrer dans un de ces cabarets. Auſſi-tôt une grande Fe-
melle vint à moi, faiſant une
profonde reverence : Monſieur,
me dit elle, voudrait'il bien ſauter
un Menuet avec la grande Ecoſſeuſe. Je me retirai ſans lui répondre, & je reçus une huée
de la plûpart des honnêtes perſonnes qui compoſoient la compagnie de la grande Ecoſſeuſe.

J'eus bien-tôt laiſſé les Por-
cerons derriere moi, & je me
trouvai vis-à-vis l'Abbaye de
Mon-martre, où je n'entrai
point, de crainte de recevoir
quelque nouvelle avanie.

Etant au milieu de la Mon-
tagne, j'aperçus des précipices
épouvantables ; il n'en falut pas
d'avantage pour me faire croire
que j'étois ſur les Montagnes de
Savoye, & que bien-tôt j'alois

entrer en Italie. C'eſt ici, diſois-
je, le Château de *Montalban*, ou
la Ville de *Coni* je fus confirmé
dans cette idée, à la vue des reſ-
tes d'un Moulin à vent, que je pris
pour un Fort, qui avoit été détruit par les dernieres guerres.
Les Précipices qui m'étonoient
n'étoient autre choſes que des
Carieres à plâtre.

Lorſque je fus parvenu au faîte
du mont, je regardai derriere
moi, & je vis Paris en plein:
quelle quantité prodigieuſe de
Maiſons & de Clocher s'offrent
à ma vue! les Campagnes immenſes que je découvris au de là
ne me fraperent pas moins. Ce
fut pour le coup que je me crus
perdu, & que e me recommandai
de tout mon cœur à la miſericorde
de Dieu.

Le courage m'étant un peu
revenu, je continuai à marcher.

je vis une Plaine très vaste, en-
tourrée de Villes & de Villages.
Je pris le parti de m'asseoir, sur une
petite hauteur, pour contempler
à loisir ce que je voyois. A for-
d'examiner le terrein, je m'ima-
ginai que la Pleine de Saint Denis étoit celle de *Fontenoi*, où
s'étoit donnée cette fameuse Bataille, qui a fait tant d'honneur
aux François. Oui, disos-je, je
ne me trompe point, voilà *Tour-*
nay, *Antoin* & *Fontenoi* c'é-
toit Saint Deni, la hapelle &
Notre-Dame des Vertus. La
seine, qui serpentoit sur ma gauche, acheva de me convaincre:
je lui donnai aussi-tôt le nom de
l'Escaut, & le bois de Boulogne
prit dans le moment celui de
Barry.

La situation de ces lieux ne se
raportoit pourtant pas, tout à
fait, à ce que j'en avois lû, mais

je me contentai de taxer les Géo-
graphes de peu d'exactitude.

Quand je fus defcendu dans la
Plaine , en traverfant le Village
de *Clignancourt*, voyant des Foflés
faits avec cimétrie , je ne dou-
point que ce ne fut là où le Maré-
chal de Saxe avoit fait conftruire
des redoutes. Des offemens de
Chevaux , d'ânes , m'indiquerent
que c'étoit encore des marques
authentiques de cette mémorable
journée.

Il y avoit quelque tems que
le Soleil n'éclairoit que de moment à autre : il étoit environné
de nuages ; fur tout j'en remarquai un d'une prodigieufe étendue, & noir comme de l'encre,
qui fembloit s'avancer vers moi.
Bien-tôt je vis un rayon de feu,
qui m'éblouit la vue, & qui fut
fuivi d'un bruit fi terrible, que
je crûs qu'il y avoit une nouvelle

Bataille, non loin de ce lieu. Ce bruit se répéta plusieurs fois. On s'imagine bien que ma frayeur auroit été moins grande, si j'avois sçû que ce qui me faisoit trembler, n'étoit autre chose que les effets du Tonnerre.

Je suivis une petite routes à tra vers les bleds, qui sembloit me conduire à une Ville que je voyois sur ma gauche ; c'étoit Saint Ouen, lorsque je sentis tomber sur mes mains des goutes de quelque chose d'humide; mais un moment après il en tomba tant, que je crûs que j'allois étre submergé : même le Tonnerre redoubla, & l'Orage parconséquent ; de sorte que je fus, en moins de trois minutes, aussi trempé que si on m'avoit plongé dans la Riviere. Je fis là une belle experience de la p luye, dont j'ignorois le nom & les effets.

Pour me confoler, le Soleil fembla à s'empreffer reparoître, fa chaleur fit fumer mes habits, & avant d'arriver à Saint Ouen je n'étois prefque plus mouillé.

La route que je fuivois me conduifit dans un chemin pavé, qui memena vis-à-vis une avenue, où j'entrai : je vis de là un fort beau Château, & je me hâtai d'y arriver. fans obftacle, je pénétrai jufques dans le Sallon de cette magnifique Maifon, où je vis nombre de Valets, & quelques Gardes le moufqueton fur l'épaule : je conclus delà que le Maître devoit être un Seigneur d'importance. Il fortit, dans le moment, d'un Apartement, à ma droite, un homme d'une figure aimable, fuivi de beaucoup de Seigneurs & de Prélats : il jetta fur moi un regard de bonté, comme pour me demander ce que j

fouhaitois ; je m'inclinai , par ce
que e fentis pour lui autant de
refpect que de véneretion.

Voyant que tout le monde for ·
toit du Sallon , pour le fuivre ,
je le fuivis auffi. Je traverfai des
Apartemens fuperbes en Meu-
bles, en glaces, en Tableaux,
en Buftes antiques. Je me trouvai
dans un jardin très vafte, décoré
de Statues, de Baffins couverts de
toutes fortes d'Oifeaux rares , &
des Volieres remplie de Serin, de
Roffignoles , de Bouvreuils, &
de tout ce que la nature produit
de plus agréable en ce genre.

J'avois toutes les envies du
monde de connoître & de parler
a un Seigneur fi aimable. Je n'ai
eu cette occafion là que depuis ,
& mon cœur ne m'a point trompé. On trouve dans Monfieur le
Duc *de Gefvres* un Prote cteur
comme il y en a peu à la Cout; il a

la bonté d'être le mien; & c'est à ..
généreufe protection que je dois
ma fortune.

Je m'écartai de ce Seigneur &
de fa Cour, pour m'avancer fur
une Teraffe d'où je découvris une
proidgieufe quantité d'eau. Voilà
fans doute la Mer, m'écriai-je! je
la reconnois au grand nombre de
Vaiffeaux dont-elle eft couverte.
Ces Vaiffeaux n'étoient que des
Batelets de Pêcheurs, ou tout
au plus quelques gros Batteaux,
chargés de Bois & d'autres Mar-
chandifes, qui montoient à Paris.

Je n'étois plus embaraffé que
de fçavoir le nom de cette Mer.
Me voyant par là détrompé que
la Plaine Saint Denis étoit celle
de Fontenois, je ne balançai
point à l'apeller *la Méditerannée*,
le lieu où j'étois, *Genes*, & le Seigneur qui m'avoit tant inerreflé,

je crûs ne pouvoir rien faire de mieux que de le qualifier de *Doge*.

Comme le hazard venoit de me faire changer les lieux, où je croyois être au paravant, e changeai auſſi la Ville de *Tournai* en celle de *Rome*, la Méditerannée, me déterminoit à cela. Je ſortis promtement du jardin, & je gagnai la Cour, par où j'étois entré. Je tournai à gauche. Je trouvai une grande rue délabrée. Voilà, dis-je alors, les malheureuſes marques des fureurs des Autrichiens, qui ont ſi maltraité la noble République de Genes.

On peut voir que j'étois un Voyageur très ignorant, néanmoins je ne l'étois pas au point de ne pasm eſubſtanter à propos. la laſſitude & le beſoin me firent entrer dans un Cabaret pour m'y rafraîchir ; il s'apelle le *Soleil d'or* : là je trouvai des Valets de diverſes

livrées, qui n'avoient point d'inquiétude : boire, jouer aux quil-
les, & chanter étoit toute leur oc-
cupation : un d'entr'eux, qui faisoit le bel esprit, (car dans tous les
états il se trouve de ces gens là)
chanta la Romance suivante, qui
m'amusa.

L'hirondelle de Caréme,

ROMANCE.

EN revenant de Saint Denis,
  Où l'on boit à grande mesure,
J'allois pour regagner Paris,
Un peu poussé de nouriture :
J'étois aussi gai qu'un pinçon,
Chantant la mere gaudichon ;
Le vin m'avoit mis dans la tête
Tant soit peu d'amour malhonnête.

Je rencontrai, chemin faisant,
Une jeune Religieuse,
Ayant un de lys, air touchant,

M

Mon ame en devint amoureuſe.
J'aprochai d'elle poliment,
En la regardant tendrement :
Pourroit-on, perle des Nonnettes,
Sçavoir de quel Couvent vous êtes ?

Je ſuis, me dit-elle, Monſieur,
Une Hirondelle de Carême,
Jeûnant pour l'amour du Seigneur ;
C'eſt pourquoi je ſuis un peu blê-
me :
Suivant Saint François, *pauvreté*,
Obeiſſance & *chaſteté*,
Sont trois grands vœux & bien auſ-
teres,
Que l'on fait dans nos Monaſteres.

En propre nos Couvents n'ont rien,
Nous ne vivons que de l'aumône ;
Vous voyés que tout notre bien
Conſiſte en ce que l'on nous don-
ne :
Si vous avés la charité
D'aider nôtre Communauté,
Vous pouvés, Monſieur, vous atten-
dre
Qu'on priera Dieu de vous le rendre.

Je lui passe sous le menton
Une main un peu libertine
Qui, plus bas, comme à l'abandon,
Malgré l'obstacle, s'achemine :
Elle se défend, la Nonain,
Moitié figue & moitié raisin.
Voyés dit-elle, enluminée,
Comme ma Guimpe est chifonnée.

✿

Je me sentois en belle humeur,
Et les yeux ardens comme braise.
Parbleu, repris-je, au moins, ma sœur,
Vous permettrés que je vous baise,
Nenni, ce seroit un péché.
Bon, bon ! vous le tiendrés caché,
Pour que le Ciel vous le pardonne;
J'entends vous faire après l'aumône.

✿

Je l'embrasse d'un air galant;
Et pour éviter le reproche,
Je tire, tout en badinant,
Un petit écu de ma poche;
Puis je le pose sur mon nés....
Sur mon nés ? oui, mais com-
        prenés
Que, pour ménager la décence,
Je dis mon nés par bienséance.

La None ayant bien aperçû ,
Sans paroître trop en colere,
Surquoi j'avois mis mon écu ,
Me dit, d'un ton demi severe,
Suivant l'inftitut du couvent,
Que j'ai raporté ci devant :
Ne pouvant manier d'efpece ,
Je ne puis prendre vôtre piéce.

La Sœur , tout je ne fçais com-
     ment ,
Se laiffant cheoir fur la verdure,
Me fit voir, fous fon vêtement,
Un tronc de plaifante nature.
Je l'admirois ; mais à l'inftant ,
La None, en me le préfentant,
Avec douceur fe prit à dire :
Mettés dedans ma tirelire.

Après coup , je fuis mon chemin ,
M'aplaudiffant de l'aventure ;
Mais le lendemain au matin
L'aumônier fit trifte figure.
Certain plat d'incommodité
Fut le prix de ma charité.
Je me fouviendrai de l'aubeine,
Car j'en eus pour ma quarantaine.

Au fortir de ce Cabaret, je defcendis un ravin très efcarpé, qui me conduifit au rivage de la Mer. L'envie que j'avois de monter un Navire, me fit demander au premier Pilote que je trouvai, s'il lui étoit poffible de me tranfporter au port que je voyois fur ma droite? il me répondit, à fa façon, qu'il étoit prêt à me fervir, moyennant la piéce de vingt-quatre fols. Je le pris au mot, & j'entrai dans fon Bateau, le croyant un Vaiffeau de haut-bord. N'a-vons-nous rien à craindre des Ecumeurs de Mer, lui deman-dai-je? il fe prit à rire; & avec deux rames il commença à fendre le fein de l'humide élement.

Je m'étois figuré que le port de SaintDenis étoit Civita-Vechia, & que de là je n'avois qu'un pas à faire pour arriver à Rome. Je mefouvins alors que l'air

de la Mer excitoit à la purgation,
& à tout moment je m'attendois
à quelque révolution ; mais il me
mit à terre ſans aucun accident,
ce qui me fit penſer que j'étois
d'une bonne conſtitution.

Je découvris bien-tôt la Ville
que je ſupçonnois être Rome. Le
Dôme des *Anonciades* juſtifia ma
penſée, le croyant celui de Saint
Pierre. Etant parvenu juſqu'aux
Foſſés, je vis une ancienne Porte par laquelle j'entrai, en admirant de vieilles fortifications que
j'eus ſoin de bâtiſer de reſte précieux d'une Ville qui avoit com-
mandé à l'Univers.

Ce qui me ſurprit le plus, ce
fut d'entendre le Peuple parler
françois, dans une Ville où la
Langue Italienne doit dominer ;
mais je revins de ma ſurpriſe, en
me ſouvenant d'avoir lû que la
Langue Françoiſe eſt aujour-
d'huy la Langue de l'Europe.

Etant arrivé dans la Place, vis-
à-vis l'Abbaye je vis plufieurs
Soldats Suiffes, affis autour d'une
Croix, que je pris pour les Gardes
du Pape.

J'entrai dans l'Eglife, qui me parut quelque chofe de fomptueux:
la longueur, la largeur & la hauteur du Bâtiment m'étonnerent :
les vitres, & la grille, qui fépare le
Chœur de la Nef, font à remar-
quer. Je confiderois ces deux objets, aparemment par un goût naturel, plutôt que par connoiffan-
ce, lorfqu'on ouvrit une porte de
la grille, à laquelle une douzai-
ne de perfonnes attendoient. Ces
perfonnes qu'une efpece de *Sbirre*
contenoit vainement, entrerent
avec précipitation. **Parblè**, dit
cet homme, *fous l'etre pien padaut!*
entrir tout doucement, y afoir place
pour in centaine de Perfonnaches.
Effectivement, j'entrai le dernier,

& cependant je me trouvai aussi
bien placé que les autres, pour
voir des choses fort communes,
qu'un Religieux peu éloquent
nous montra, avec autant de rapidité que s'il eût été à jeun.
Comme je n'étois pas entré le
premier, je ne me pressai pas
non plus de sortir ; mais le Suisse
m'y engagea poliment, en me
montrant sa Hallebarde.

Le Religieux, qui avoit mon-
tré le Tréfor, voyant que je for-
tois le dernier, me trouvant jeune
& d'une figure à faire penser
que j'étois de bonne Maison, me
tira par la manche : un moment
Monsieur, me dit-il, laissons-
en aller cette populace, & je
vous ferai voir les Tombeaux de
Nos Rois, & nôtre Maison.

Cette marque de distinction
me fit plaisir, je lui en témoi-
gnai ma reconnoissance par une

profonde inclination de tête, &
un grand, *je vous remercie.*

Il ouvrit la porte du Chœur,
voulut que je passasse le premier,
m'expliqua quel Roi, quelle Reine, quel Prince, quelle Princesse
& quel grand Capitaine représen-
toient tels & tels Tombeaux: il me
fit admirer deux Croix d'or, gar-
nies de Pierres précieuses, me fit
voir un Autel presque tout d'or
massif, & beaucoup d'autres choses
rares, précieuses & antiques.

Delà il me conduisit dans le
Refectoire, m'en fit considerer la
beauté & l'œconomie, me mena
dans des Coridors à perte de
vue, me fit descendre dans le
Jardin, où il me présenta des
fruits de la saison.

Nous passâmes sur un Pont, sous
lequel coule un ruisseau bourbeux,
avoués, Monsieur, lui dis-je, que
le *Tibre* est un fleuve profond,
large & rapide. Je le crois, me

répondit-il, cela me perſuade que vous avés voyagé ; tant mieux, continua-t-il, les voyages amuſent, inſtruiſent & forment beaucoup l'eſprit & le goût de la jeuneſſe ... N'auriés - vous pas, s'interrompit-il, le pieux deſſein de vous faire Religieux ? je n'ai point encore, lui répondis-je, de vocation fixe ; mais ſi je prend, ce parti je préfererai cette Maiſon à toute autre.

Il fut charmé de ma réponſe, me donna ſon nom par écrit, me pria de le venir voir quelque fois, ou du moins de lui écrire. Je parus très ſenſible à ſa politeſſe. Il me fit traverſer de grandes (ours, me vanta les grandes richeſſes de l'Abbaye, & me fit ſortir par une grande porte antique.

Quand je l'eus quitté, je me rapellai tout ce qu'il venoit de

me dire , & je trouvai que ſes
diſcours n'avoient aucun raport
avec l'idée que j'avois d'être à
Rome, & qu'il étoit abſolument
néceſſaire que je me fiſſe éclairer.
C'étoit une penſée naturelle ; car
celui - là eſt fou qui ſe fie à ſes
propres lumieres.

Je formai le deſſein d'entrer
dans la premiere Hôtellerie ap-
parente que je verrois , afin que
je pûſſe adroitement m'y faire
inſtruire. D'ailleurs mon pere &
Clairette m'inquiétoient : mes
remords de les avoir quittés re-
vinrent plus violemment que la
prémiere fois.

J'aperçûs une Maiſon qui a pour
Enſeigne le *Pavillon Royal*: en entrant dans une Salle deux perſones
qui étoient à table, pouſſerent
chacun un grand cri de joye.
Elles ſe leverent, & me ſauterent
toutes deux enſemble au col au
& penſerent m'étouffer à force

de careſſes. Moncher fils ! diſoit
l'un ; mon cher Maître ! diſoit
l'autre.

Emû de tendreſſe , je ne pûs
en ce moment m'exprimer que
par des larmes ; mais, dès que
j'eus ſatisfait à ce qu'exigeoit la
nature , je marquai à mon pere
tout le plaiſir que me faiſoit ſa
préſence.

Il me fit les plus doux repro-
ches des mortelles inquiétu-
des que je lui avois données. je
luiendemandai mille pardons, &
je m'excuſai ſuffiſament en diſant
de quelle façon & pour quel motif j'avois quitté la maiſon pater-
nelle. Si j'avois eu le bonheur ,
lui dis-je , de connoître toute la
bonté de votre cœur, j'euſſe rou-
vée ma félicité à vous che cher
plûtôt qu'à vous fuir ; mais en-
traîné par une ignorante extra-
vagance , dépourvû d'expérien-
ce

ce & de raiſon, je n'ai pû me livrer qu'au. idées confuſes qui
me ſont venues.

Il me répondit que j'étois juſ-
tifié dans ſon. cœur & dans ſon
eſprit, qu'il rendoit mille graces
au Ciel du récouvrement de ma
ſanté, & que le plaiſir le plus
doux qu'il eût goûté de ſa
vie, il venoit de l'éprouver en
m'embraſſant.

Comment avés-vous pû me
joindre, lui repartis-je, après les
immenſes Pays que j'ai parcou-
rus ? qui a pû vous inſtruire du
deſſein que j'avois d'aller à Rome, rendre grace à Dieu de ſes
faveurs ?

A Rome, mon fils, s'écria-
t'il ! eh ! vous n'y penſés pas !
eſt-ce par Saint Denis qu'on va
à Rome ? d'ailleurs on peut
remercier Dieu de ſes bontés dans
la plus petite Chapelle : les pé-

N

lérinages ne font plus pratiqués
que par la canaille & les vaga-
bons.

Tout de fuite, il me conta de
quelle façon il avoit prefque vo-
lé fur mes pas. Une vieille femme, me dit-il, vous remarqua
fortir du Logis, & comme vous
aviés un air emprunté, elle vous
examina avec plus d'attention.
Sans elle je n'euffe peut être jamais eu de vos nouvelles, car je vois
que vous avés marché comme un
Aveugle. Dès que je fus inftruit
de la route que vous aviés prife,
Clairette & moi, nous fuivîmes
vos pas, nous informant de vous à
toutes les perfonnes que nous ren-
contrions. Il n'y eût que les Commis de la Barriere des Gobelins
qui fe fouvinrent de vous avoir
vû paffer.

Nous allions toujours, rai-
fonnant fur les rues que vous au-

riés pû choifir, queftionant celui-ci, puis celui-là, fans aucun
fuccès. Nous paſsâmes de la
forte toute la journée, dans les
plus cruelles agitations, & toute
la nuit nous ne fûmes pas plus
tranquiles.

Ce matin nous nous fommes
remis en marche. Il n'y avoit guere qu'une demie heure que vous
aviés paſſé fous la Porte Saint
Denis, quand nous y fommes arri-
vés. Nous n'avons pû vous mé-
connoître à la peinture que des
femmes nous ont faite de vous,
à la frayeur que vous avoit cau-
fé un plaifant qui vous avoit dit de
baiſſer la tête, pour paſſer fous
la Porte.

Nous avons pris un Caroſſe,
comptant déja que nous vous
tenions; mais nous avons été
trompés dans notre attente; &
fans le hazard qui vous rend à

N ij

mes vœux, je n'euſſe ſû quel autre parti prendre, ſinon la voie des Affiches de & de faire inſerrer votre ſignalement dans les Gazettes.

Nous montâmes en Fiacre pour prevenir à Paris, où nous en prîmes un autre pour Vitri. Le long de la route, je contai à mon pere ce qui m'étoit arrivé depuis ma ſortie, dont il eût la bonté de rire en bien des occaſions. Mon avanture avec Mademoiſelle Catinon le fit trembler d'abord ; après mes réponſes nayves à diverſes queſtions qu'il me fit, il fut perſuadé qu'il ne s'étoit rien paſſé entre nous de contraire à la pudeur.

Le lendemain Monſieur de Cleville donna un grand dîner à ſes amis & aux plus Notables du lieu ; il tua pour ainſi dire le Veau gras pour céléber mon retour.

Il invita, entr'autres perſonnes,

à ce dîner, Monfieur Lifidor ;
homme aimable, fpirituel, &
humain, quoique riche. Il prit
beaucoup d'affection pour moi ;
mais il trouva mon cœur auffi dif-
pofé en fa faveur que le fien l'é-
toit à mon égard. Je fuis tous les
jours dans fa maifon, & je pro-
fite infiniment en fa compagnie.
Il aime paffionément les Arts &
les Sciences, & chérit beaucoup
ceux qui les cultivent. Rien n'eft
étranger pour lui. Les mufes fur
tout font fes favorites, & par
reconnoiffance, elles lui font en-
fanter les plus jolis Vers du
monde. Sa maifon eft l'azile des
perfonnes à talens, qui joignent
la vertu au mérite. Il y a chés
lui un Théâtre de très bon goût,
fur lequel il joue, avec fes enfans & fes amis, les piéces les plus
épurées du Théâtre François.
Habits, lumieres, compagnie,

tout répond à la façon noble
& gracieuse dont Lifidor fait
les chofes. Les prémieres piéces
que j'ai vues repréfenter chés lui
étoient *Melanide* & *l'Oracle*. 'a-
voue que je fus charmé, & les Comediens François doivent avoir
lieu d'être jaloux de ceux de
Vitri.

Je fais mes très humbles adieux
au Lecteur, & je lui demande
pardon de lui avoir peut-être
offert de trop grandes abfurdi-
tés, mais fi je fuis parvenu à
l'amufer quelques momens, il
voudra bien que le plaifir qu'il
a goûté faffe ma gloire & ma
récompenfe.

FIN.

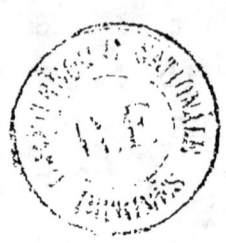

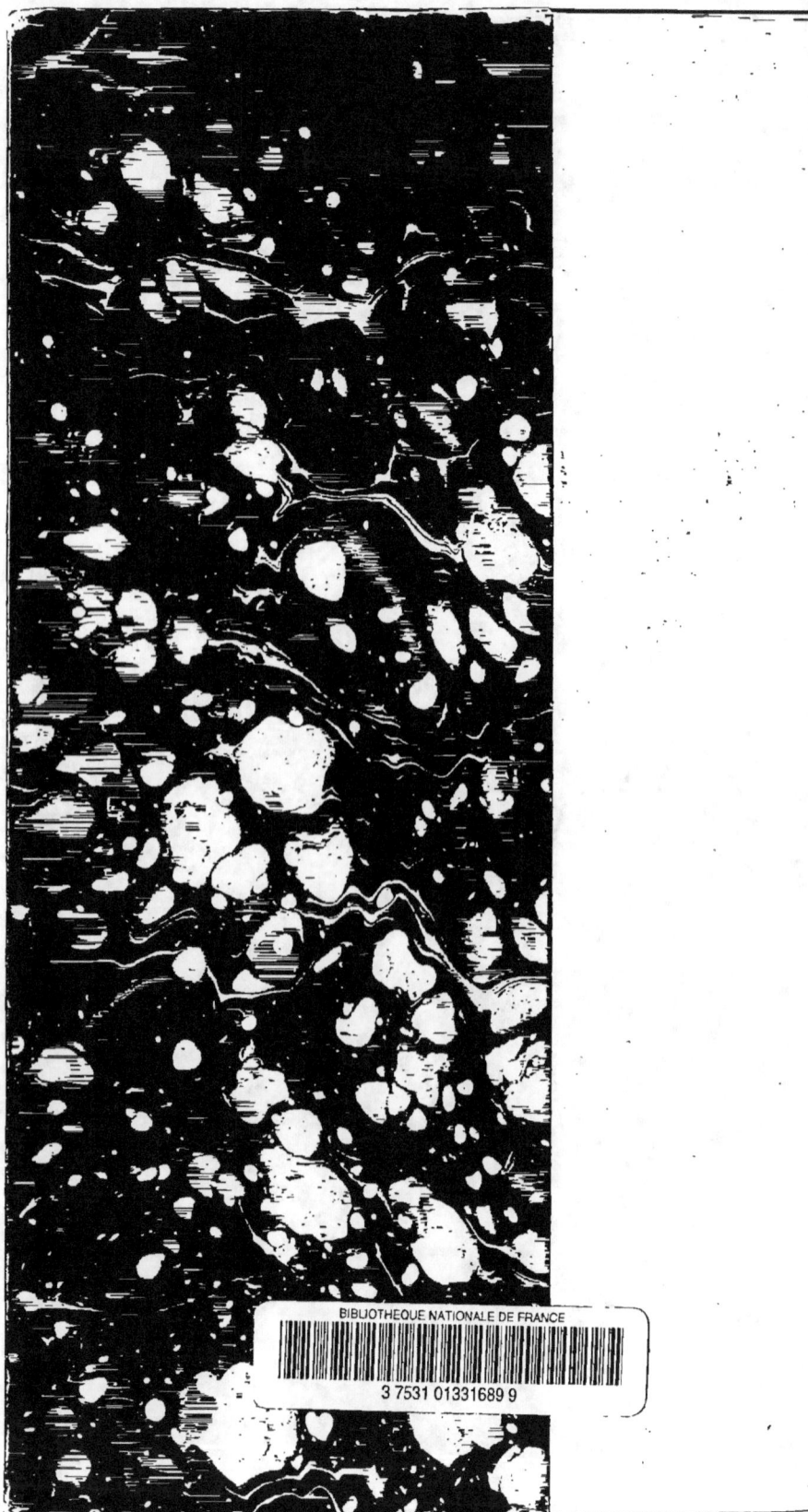

BIBLIOTHEQUE NATIONALE DE FRANCE

3 7531 01331689 9

www.ingramcontent.com/pod-product-compliance
Lightning Source LLC
Chambersburg PA
CBHW051137260626
47170CB00005B/1856

TYPES ILLUSTRES DE LA POLOGNE

AU XIX. SIECLE

CYCLE UKRAINIEN

I

ANTOINE MALCZEWSKI

NICE

IMPRIMERIE ET PAPETERIE ANGLO-FRANÇAISE, MALVANO & Cie

(ANCIENNE MAISON CAISSON ET MIGNON)

62, rue Gioffredo, 62

1878

DÉPOT LÉGAL
Alpes Maritimes
gr. 198
1877

POËTES ILLUSTRES DE LA POLOGNE

AU XIXᵉ SIÈCLE

Ym 645

Nice. — Imprimerie et Papeterie Anglo-Française, Malvano & Co.

POËTES ILLUSTRES DE LA POLOGNE

AU XIXᵉ SIÈCLE

CYCLE UKRAINIEN

I

ANTOINE MALCZEWSKI

NICE

IMPRIMERIE ET PAPETERIE ANGLO-FRANÇAISE, MALVANO & Cᵒ

(ANCIENNE MAISON CAISSON ET MIGNON)

62, rue Gioffredo, 62

—

1878

I

ANTOINE MALCZEWSKI

AVANT-PROPOS

—

Antoine Malczewski, fils du général de ce nom, propriétaire de la seigneurie de *Radziwillow*, vint au monde à Varsovie, l'année 1793, de parents riches, qui cherchèrent à lui donner une brillante éducation. Il fit ses études sous la direction bienveillante d'un savant distingué, Thadée *Czaçki*, créateur du lycée de *Krzemienieç*, en Volhynie, œuvre patriotique qui dota le pays d'une élite de jeunes gens instruits et conservant intact le feu sacré de la patrie. Il s'enrola très jeune dans le corps polonais faisant partie de

l'armée de Napoléon 1er, il voyagea plus tard
en France et en Italie, où il fit la connaissance
de Byron, auquel il suggéra le canevas de son
poëme : *Mazépa*, et lui-même s'imprégna de son
génie poétique ; on en reconnaît l'empreinte dans
son œuvre : « *Maria*, » avec la réserve toutefois,
que le héros de Malczewski, différent en cela
de ceux du poëte anglais, se soumet humblement
aux décrets de la Providence.

Les dernières années de la vie du poëte polonais sont moins connues ; après avoir gaspillé
sa fortune il mourut tristement à Varsovie, où
il s'était établi, dans l'indigence et le décourage-
ment, l'année 1826, peu de mois après avoir
publié son poëme : « *Maria* », reçu par le public,
au début, avec une inconcevable indifférence,
blâmé même par les critiques du temps, dont
l'injuste appréciation accéléra la mort de l'auteur. Plus tard seulement, la nouvelle école
poétique, moins imbue d'un pédantisme exclusif
et doctrinaire, releva les beautés et les mérites

éminents du poëme et constata le génie poétique
de l'auteur. On compulsa alors les papiers qu'il
avait laissés, pour trouver d'autres écrits, mais
en vain. Les manuscrits avaient été brûlés, dans
un moment de désespoir, au grand dommage de
la littérature polonaise et à la honte des pédants
aristarques qui avaient froissé et condamné in-
justement un esprit supérieur. Il fut en effet
méconnu de ses contemporains au point, qu'on
ne retrouva même pas sa tombe au cimetière,
l'année 1876, quand la génération actuelle,
pleine d'admiration pour son talent, lui fit élever
un monument expiatoire, pour célébrer le cin-
quantième anniversaire de sa mort, triste jubilé
attestant sa renommée posthume devenue po-
pulaire. « *Maria* », poëme, qui de son vivant,
ne trouvait pas d'acheteur, à un prix modique,
publié maintenant en plusieurs éditions, dans
des formats divers de luxe et de poche, illustré
par les meilleurs dessinateurs de Varsovie, s'é-
coule en un nombre considérable d'exemplaires,

et doit réjouir les mânes de l'illustre auteur qui finit misérablement de la mort de Camoëns et du Tasse.

Le sujet du poëme est pris de la vie réelle.

La famille des Potoçki, influente en Pologne et illustrée durant plusieurs siècles, par d'augustes représentants au plus haut rang des serviteurs loyaux de la République, contient dans ses annales, à l'époque tourmentée de l'anarchie, qui précéda et causa la chute du pays, un épisode lugubre et douloureux. Celui-ci servit même au dire de *Niemcéwicz* dans ses mémoires, de, motif, ou de prétexte à Marie-Thérèse pour s'emparer de la Galicie, sur l'avis de son ministre *Kaunitz*, qui prétendait que le gouvernement de la république de Pologne, qui tolérait des abus aussi révoltants, n'était pas digne d'exister. Les faits de l'histoire sont inconnus, dans leurs détails et dans leurs causes mystérieuses, au public non lettré ; mais les beaux vers s'introduisent par leur popularité au foyer le plus modeste, et initient la foule aux événements revêtus d'un prisme poétique par le chantre inspiré, qui lègue ses œuvres à la postérité. *Mickiéwicz* l'a dit en termes éloquents :

« O chant national, sainte arche d'alliance,
Conservant du passé trésors et souvenirs !
Le peuple te confie honneur, gloire et vaillance,
La trame de sa vie et la fleur des désirs!... »

Le fils du palatin de Kiowie, Potoçki, s'unit par amour clandestinement à la fille d'un noble mais pauvre voisin. Le père, froissé dans son orgueil, indigné de cette mésalliance, fit enlever sa belle-fille par des scélérats masqués, qui la noyèrent dans un étang, les uns disent, sur l'ordre du palatin, d'autres, par suite de la mort accidentelle de leur victime, arrivée lors du conflit.

J'aime à citer à propos de la littérature polonaise, l'incomparable génie, l'émule d'Homère et du Dante ; qu'il me soit permis de redire avec *Miçkiéwicz* :

« La haine peut séparer des cœurs tendrement épris ; mais ils se réuniront de nouveau dans les chants du barde national... »

Malczewski immortalisa de même l'amour des deux amants.

En réalité, le fils du palatin, le héros du poëme a créé dans ces mêmes steppes

« Que parcourt libre et fier le Cosaque d'Ukraine... »

les jardins célèbres de *Sophiowka*, chantés par le poëte *Trembeçki*, en l'honneur de sa nouvelle passion, de son épouse *Sophie*, esclave grecque, achetée au bazar de Constantinople. Son acquéreur, et son premier mari, le général de Witt

la céda au comte Félix Potocki, épris pour elle
d'un fol amour, bien qu'il fût déjà remarié, —
cette fois avec l'agrément de ses parents, — et
père de nombreux enfants. L'heureuse rivale,
ayant chassé l'épouse légitime du lit conjugal,
s'y installa à sa place, et sut la garder définiti-
vement, malgré les intrigues de la famille,
les menaces de la Tsarine, Catherine II et ses
criminelles infidélités. Elle fit souche d'une nouvelle lignée, fruits nouveaux, greffés sur le
tronc vieilli d'un illustre arbre généalogique;
une de ses filles est morte naguère, bien connue
du monde parisien sous le nom de comtesse
Kissileff.

Mais l'ombre de Marie (*), chantée par le
poëte, grandit dans la pensée des générations
futures, prend des proportions gigantesques et

(*) Son véritable nom était, Gertrude Komorowska. Voir les intéres-
sants détails de son enlèvement dans le livre attachant de la comtesse
Choiseul Gouffier : *Gertrude* comtesse Félix *Potocka*. Faits historiques.
— Nice chez Cauvin, 1875.

se transforme en un idéal de la femme polonaise, ainsi que l'a si bien dit le célèbre professeur de littérature slave au Collége de France :

« Inaltérable dans le malheur, elle domine son désespoir pour ne pas chagriner son père ; ferme et touchante dans ses adieux avec son époux, qui part pour la guerre, elle lui dit avec l'éloquence du cœur :

« N'est-ce pas cher Félix, vous serez, brave, ardent,
« Résolu, courageux... mais aussi bien prudent... »

« Ce n'est pas la beauté nerveuse, surexcitée par la lecture des romans, ou la divinité voluptueuse en ses attraits ; ce n'est ni l'Italienne passionnée, ni la Française trônant au salon par son esprit ; mais le noble produit de la Pologne, la fille attachée et soumise à son père, la femme prête avec calme au sacrifice volontaire de sa vie pour son époux. »

L'orgueil du palatin, la dignité fière du staroste, le messager cosaque devançant les hirondelles dans sa course, la sauvage beauté du steppe, la lutte sur les confins avec les Tatars forment autant de tableaux tracés de main de maître, qui, tout en dépeignant des scènes locales, revêtues d'un beau coloris artistique, sont faits pour plaire aux hommes de goût de tous les pays.

A la lecture que je fis de ce poëme à la comtesse Marie Potoçka, qui a bien voulu en accepter la dédicace, je fus émerveillé de l'entendre réciter de mémoire plusieurs passages admirables dans le texte original, avec une expression et un sentiment indicibles. Elle a trouvé ma traduction exacte, et reproduisant scrupuleusement sinon suffisamment les beautés du poëme polonais. Son opinion, peut-être trop

flatteuse, m'encourage à soumettre au public
français une des œuvres poétiques les plus
populaires de la Pologne.

> « Des ailes — au vol éphémère —
> Du poëte, gage béni,
> Quelques plumes restent sur terre,
> Qui l'élevaient dans l'infini... »

BOHDAN ZALESKI.

MARIA

POWIEŚĆ ANTONIEGO MALCZEWSKIEGO

———

MARIE-GERTRUDE

POEME POLONAIS

PAR

ANTOINE MALCZEWSKI

MARIE POTOÇKA

Vous dont le grand cœur est aimant,
La passion vive et brûlante,
Accueillez, de votre air charmant,
Marie, en rivale indulgente...

Vous me demanderez l'explication de cette rivalité?...

LA VOICI :

Tous ceux qui ont lu « *Marie* » en polonais, en restent ravis; et tous ceux qui vous virent à votre printemps, ont gardé un souvenir ineffaçable de tant de charme et de beauté unis à tant de noblesse et de vertu...

Charles DE NOIRE-ISLE.

CHANT PREMIER

« *Vouloir raconter pêle-mêle,*
Tout ce qu'on débite et révèle
En ce monde, soir et matin...
C'est y perdre grec et latin. »

JEAN KOCHANOWSKI.

I

Où cours-tu , libre et fier cavalier de l'Ukraine,
Foulant sur un coursier le steppe, ton domaine?
As-tu surpris un lièvre ?... Ou, mû par le désir
De nager en plein air, librement à plaisir,
Veux-tu rivaliser, caressant ta chimère,
Avec la brise, au ciel soulevant la poussière?
Ou voles-tu, chantant un triste et doux refrain,
Vers ton amante, au seuil, qui t'attend l'œil serein?

Enfonçant ton bonnet, laissant flotter la bride,
Effleurant prés et champs dans ta course rapide,
Au milieu d'un nuage enveloppant poudreux

La route, tu parais rayonner tout heureux,
Sous ta peau d'un brun mat, par l'ardeur attisée,
Où reluit la sueur en perles de rosée.
Ton beau coursier sauvage et docile à la fois,
Fend l'espace et le vent à la bruyante voix,
De son col allongé. — Chariots ! Filez vite,
Tout remplis du sel blanc que la mer Noire abrite,
De peur d'être brisés par les fils du désert ?
Noir oiseau voyageur qui planes sous la nue,
Curieux et bavard, récite ton concert
Au haletant cosaque à l'oreille tendue,
Car, avant de finir ton cercle horizontal,
Tu verras fuir au loin le centaure à cheval.

II

Allant à fond de train, il ressemble d'allure
Aux envoyés du ciel vers l'astre qui descend ;
Le terrain retentit, vibrant sous la verdure,
Et résonne à ses pieds, sous le poids s'affaissant.
Un silence profond règne en la vaste plaine,
Où l'on n'entend nuls cris, et nulle voix humaine,
Rien que le vent qui souffle, abaissant les épis,
Et les soupirs des morts, jonchant le vert tapis,
De leurs mornes tombeaux, sous des lauriers en poudre,
Implorant l'Eternel, qu'il daigne les absoudre,
Et les prenne en pitié pour leurs faits éclatants.
La musique est lugubre, et tristes sont les chants,

Souvenirs du passé — de l'ancienne patrie —
Redits avec amour par l'Ukraine appauvrie,
Dans ses fertiles champs embaumés par les fleurs,
Ecrasés sous le joug, et mouillés par les pleurs...

III

Le messager dépasse et vallons et ravines,
Où s'embusquent Tatars et loups pour leurs rapines ;
Arrivant à la croix élevée au sommet,
Où fut enseveli certain spectre ou vampire,
Il se signe humblement, en ôtant le bonnet,
Et reprend ventre à terre une course en délire,
Chargé d'ordres précis, qu'il porte avec le vent,
Rasant le sol uni sur le steppe élastique ;
Son coursier piaffe, rue et bondit en avant,
Glissant sur la surface, en son vol fantastique.
Le Boh [1], sur le granit roule ses flots d'argent ;

---

(1) Fleuve de l'Ukraine, se jetant dans la mer Noire.

Blanc d'écume à sa chute, il paraît en renaître ;
Le fidèle envoyé, fier d'un message urgent,
Semble avoir deviné les pensers de son maître ;
L'eau jaillit, frémissant de l'écluse au moulin,
L'ennemi circonspect se cache en la futaie ;
Le cheval du cosaque, et docile et malin,
Comprenant le péril, fuit pareil à l'orfraie,
Au-delà des prés verts et des piquants chardons,
Plus prompt que les chevreuils disparus dans les joncs.

Sur sa selle, en avant, penché comme une lance,
A son coursier collé, le cavalier s'élance,
Brûle et franchit l'espace, étant roi du désert ;
Homme, steppe et cheval se fondent dans le vert,
Et forment réunis un étrange fantôme.
Le cosaque ravi contemple son royaume,
Respire à pleins poumons l'air embaumé d'Ukraine,
Et libre d'action, il ne sent pas sa chaîne....

IV

Va remplir ton message avec célérité....

Le château féodal est en joie et gaîté !
L'orgueilleux palatin, excusant la faiblesse
Et les torts de son fils, le traite sans rudesse ;
Il daigne lui parler sur un ton bienveillant,
Et pardonne à la fin au jeune homme bouillant.
Graves furent pourtant et l'outrage et l'offense,
Ayant froissé les cœurs, chargé la conscience,
Et fait couler les pleurs du sombre désespoir,
Sans qu'ils pussent calmer le maître du manoir.

Mais à l'heure qu'il est, tout a changé de face ;

L'ancien faste et le luxe ont pris soudain la place

D'une morne tristesse et des regrets amers.

Le puissant palatin, envié par ses pairs,

Fait son entrée en roi. D'imposante figure,

Richement habillé, les mains à la ceinture,

Il se montre entouré de pages, d'officiers,

D'un flot de courtisans, serviteurs et guerriers,

Portant du châtelain armes, couleurs, bannière,

Valeureux champions d'un pouvoir séculaire.

Prôné par ses flatteurs, de la foule acclamé,

Il s'occupe surtout de son fils bien-aimé,

L'héritier de son nom, de sa fortune entière ;

Ses traits savent garder leur immobilité,

Sans trahir les secrets de son cœur agité ;

Son esprit, sa valeur, sa parole éloquente

Sont connus du public ; mais sa pensée ardente

Le brûle et le dévore à l'insu de sa cour.

Distrait dans sa douleur, il paraît en ce jour

Se livrer à la joie, après une secousse,

Et ressentir heureux l'émotion bien douce,

D'avoir su regagner le cœur de son enfant ;

Causant en confiance, il a l'air triomphant,

Et tâche en belle humeur d'oublier sa querelle ;

Souvent luit un éclair dans sa fauve prunelle,

Où brillante apparaît la satisfaction

D'obtenir un répit dans l'âpre passion ;

Dût même ce repos être vain, chimérique,

Sinistre précurseur d'une action tragique,

Un leurre qui recouvre un avenir sanglant,

Auquel le palatin parfois rêve en tremblant.

V

Bien avant dans la nuit dure encor le tapage ;
Trompettes et clairons, selon l'antique usage,
Répondent aux « *vivat* », retentissent joyeux ;
Sur les tables, des mets s'étalent savoureux,
Tout autour d'un surtout, ruisselant de dorure,
Admirable travail de fine ciselure.

Le maître, magnifique en sa réception,
Ouvrant cave et cellier, donne à profusion
Du vieux vin de Hongrie au parfum d'ambroisie,
Déliant cœur et langue en folle fantaisie,
Au son de la musique aux sonores accents,

Qui charme et ravit l'âme, et réjouit les sens.

Les portraits des aïeux, suspendus aux murailles,

Paraissant animés de l'ardeur des batailles,

Semblent aussi sourire aux hôtes réunis,

Et friser leur moustache aux visages noircis.

VI

Les lèvres ont l'amour, et les yeux la pensée ;
Mais la forte douleur reste au cœur condensée.
Dans le monde rempli de folle ambition,
Sottise et vanité sont en pleine action,
Cachant l'eau trouble au fond, sous la claire surface,
Et font en souriant une laide grimace.

Il en était de même au superbe château,
Où la nuit, survenant, abaissa le rideau ;
La musique a cessé ; tout s'efface dans l'ombre,
Le hibou sur la tour crie au ciel terne et sombre ;
Dans l'aile latérale attenant au massif,

Le maître seul réside à l'écart et pensif ;
Son regard flamboyant, caché sous la paupière,
Pareil au diamant dans sa gangue de pierre,
Luit à l'intérieur, éclairant des désirs
Secrets et criminels, mêlés d'ardents soupirs,
Qui trouvent un écho dans la voûte sonore.

Nul n'oserait franchir le seuil seigneurial,
Où le vieux châtelain se lamente et déplore,
Arpentant le tapis, les coups du sort fatal ;
Il a l'air de chercher une main secourable,
Qui l'aide en ses projets et lui soit favorable ;
Le sommeil fuit ses yeux, au regard dur et fier ;
Il suffoque au logis, étouffant faute d'air,
Entr'ouvre la croisée, étroite meurtrière,
Et regarde anxieux de son coin solitaire
La troupe réunie, à son ordre, au bivouac,
En brillants escadrons campés au bord du lac.
Ils ont l'air martial, près d'entrer en campagne
Pour cueillir des lauriers, et la gloire qu'on gagne
A brûler, massacrer, pillant à pleines mains,
Faits d'armes glorieux, prisés par les humains.

Il entend la diane entonner sa fanfare,
Au lever du soleil s'allumant comme un phare;
Rumeurs, hennissements, d'armes le cliquetis,
Des ailes le tapage au dos des hussards gris [1]
Arrivent jusqu'à lui, vibrent à son oreille;
Le bel astre du jour quittant l'aube vermeille,
De ses tresses colore en rouge l'horizon,
Et reluit sur l'acier, brillant comme un tison,
Le zéphyr embaumé, de sa suave haleine,
Caresse, avec les fleurs, les drapeaux sur la plaine;
Les oiseaux gazouillant pour saluer le jour
Se donnent la becquée avec des cris d'amour,
Les splendeurs du matin, la nature attrayante,
Les joyeuses chansons des soldats sous la tente,
Laissent indifférent le sombre palatin
Et rendent plus amer son terrible chagrin;
Il erre comme une ombre, et s'éloigne en mystère,
Du grand jour évitant et fuyant la lumière.

_____

(1) Cavaliers portant sur leur cuirasse des ornements en forme d'ailes.

VII

La trompette résonne. Au signal du clairon,
Le noble cavalier fait sentir l'éperon
Au cheval qui se cabre, et le fer étincelle
Et retentit dans l'air sous le guerrier en selle ;
Son serviteur le suit, fidèle associé,
Prêt à remplir son ordre à son destin lié ;
La troupe, au cri : Salut à la Vierge angélique !
Franchit en se serrant une porte gothique,
Du bourg étroite issue aux ténébreux arceaux,
Contenant dans leurs murs de lugubres échos ;
Elle débouche en plaine et se perd dans les steppes,
Bourdonnant à la fois comme un essaim de guêpes,

Ondoyant au soleil, joyeuse en liberté....

Le son, toujours moins fort, diminue et s'efface.

Les guerriers dispersés, répandus dans l'espace,

Sont jaloux de montrer leur intrépidité

A l'ombre du drapeau, de l'illustre bannière

Qui double leur courage et les guide à la guerre ;

Les armures d'acier reflètent des lueurs,

L'arc–en–ciel radieux y répand ses couleurs,

Les regards sont brillants, certains de la victoire ;

Les cœurs épanouis, enivrés par la gloire.

Un jeune homme conduit et dirige les preux ;

Sa taille est élevée et d'aspect gracieux,

Les amours ont doré sa blonde chevelure,

La joie et l'espérance éclairent sa figure,

Un sourire attrayant qui séduit et qui plaît,

En augmente le charme et rehausse l'attrait,

Ses yeux sont le miroir de l'âme qui raffole,

Et son beau front reluit d'une pure auréole,

Emblème d'innocence et gage de bonheur

Qui pare son duvet d'une douce rougeur.

Arrêtant son cheval au haut d'une colline,

Il réunit sa troupe, au fond, dans la ravine,

La faisant défiler dans le pli du terrain,
Où brillent au soleil l'or, le bronze et l'airain !
Puis à l'ordre du chef, prévoyant et sagace,
Quoique bien jeune encor, les soldats au désert
S'abattent sur le sol silencieux et vert,
Attentifs dans le steppe à poursuivre la trace
Des sabots d'un cheval, que la brise déplace,
D'un coursier du pays, sans fer, au pied léger,
Le brave compagnon du hardi messager.

VIII

Les guerriers disparus, courant à toute bride,
Laissent loin derrière eux le steppe morne et vide.
Le regard inquiet les cherche vainement,
Fatigué d'un aspect sans vie et mouvement.
Le soleil luit ardènt sur l'immense étendue,
Où nul objet flatteur ne vient charmer la vue.
On voit l'ombre passer d'une caille en son vol,
On entend le cri sourd du grillon sur le sol,
Puis le calme apparaît, et tout rentre au silence,
Que rompt seul le tonnerre en grondant à distance.
Pas un seul monument, rappelant le passé,
Ne console à sa vue un cœur triste, oppressé,

Lui montrant des aïeux l'antique renommée,
Et le doux souvenir de la patrie aimée ;
Si toutefois sous terre on plonge le regard,
On aperçoit des os, du fer tordu sans art
D'ancêtres inconnus et rongé par la rouille,
D'un âge antérieur misérable dépouille,
Des germes non éclos dans l'humus végétal,
Et des vers dévorant les morts en sol natal ;
Mais rien ne vous distrait sur la vaste surface,
Où l'on erre au hasard et sans but se déplace,
Ayant autour de soi la vague immensité,
Sur la tête, au-dessus, la longue éternité.

IX

Assis sous les tilleuls, le vieux Staroste songe
A ses revers passés, au chagrin qui le ronge...
Dans sa noire lévite, il rêve au temps jadis,
Quand jeune et plein d'espoir il servait son pays,
La Pologne adorée, au conseil, à la guerre,
Au sein des factions, fidèle mandataire,
Et que son cœur novice et naïf au réveil,
Allait droit à l'amour, comme l'aigle au soleil.
La fortune l'a fui comme aussi sa jeunesse,
La fleur en est fanée et l'épine le blesse ;
Maintenant aux regrets, à la vive douleur
S'ajoute l'infamie, et la honte au malheur.

Tandis qu'il vit encor, que sa sombre tunique
Recouvre ses vieux os, sa nature énergique,
Il ne laissera pas franchir son noble seuil
Au palatin altier, froissé dans son orgueil,
Dont il saura punir la haine furieuse
En sa folle arrogance, et l'insulte odieuse,
Dût-il reprendre en main son sabre du fourreau ;
Mais après !... pensait-il, vieilli, près du tombeau,
Il ne pourra veiller sur sa fille en détresse,
Préserver de l'affront sa timide faiblesse !...

Il frémit de colère et son regard hautain
Paraissait flamboyant de mépris... de dédain.

X

Une femme à côté, belle statue en marbre,
Se tient pâle, muette, immobile sous l'arbre ;
Mise en robe de deuil, aux cheveux nulles fleurs,
Ses yeux noirs abaissés ne versent plus de pleurs ;
Elle courbe son front, triste, mais résignée
A subir la douleur par le sort assignée,
Et sourit froidement, insensible aux objets,
Dans un calme effrayant, sans trahir ses secrets ;
Si même un souvenir, une idée indiscrète
Involontairement survenue en cachette,
Anime son visage, en colore les traits,
Si faible est la lumière, éclairant ses attraits,
Qu'elle semble émaner des rayons de la lune,
Dont la terne lueur frappe son infortune.

Noble en sa dignité, calme en son fier maintien,
Elle appelle au secours son bon ange gardien,
Pour pouvoir supporter les tourments de la vie,
Le souffle impur du monde et les dards de l'envie ;
Enchaînée aux liens d'un amour mutuel,
Voulant s'en détacher, faible, elle aspire au ciel ;
Son cœur est desséché, sa belle âme flétrie
Sous le masque trompeur de douce rêverie ;
Tel plongeant en mer Morte un fruit pétrifié,
Garde forme et couleur pour les yeux du touriste,
Qui, venu du désert, à la soif allié,
Prend.. et trouve une pierre aux dents, surpris et triste.

Elle est pleine de grâce en tous ses mouvements,
Sans larmes ni soupirs pour ses attachements ;
Pauvre femme meurtrie au souffle de la trombe,
De la morte espérance elle est la froide tombe.
Le bonheur un instant dans ses yeux avait lui,
Mais vite disparu, s'est éteint aujourd'hui,
Comme cesse le feu, faute d'huile à la lampe,
Ternissant son regard et sillonnant la tempe.

XI

La chaste et jeune femme, élevant ses beaux yeux,
Semble chercher au loin, blanche colombe aux cieux,
Les trésors de la foi, les palmes du martyre,
Pour se purifier d'un terrestre délire.

L'humble soumission agrée au Tout-Puissant,
Sereine monte au ciel d'un vol éblouissant ;
Mais non les vanités, les splendeurs de ce monde,
Qui se cachent dans l'ombre au tonnerre qui gronde ;
La céleste rosée implorée en son cœur
Cruellement déçu, priant avec ardeur,
Apaise trouble et sens et guérit sa blessure

Par un baume divin, qui calme et qui rassure ;
Le passé douloureux s'unit à l'avenir
Par un fil lumineux, qui paraît la ravir
Sous la vive action du remède énergique,
Qui transfigure en paix sa nature angélique ;
Revenue à jamais d'un amour trop mondain,
Elle puise à la source un désir souverain
De se fondre à l'azur, où monte sa prière,
Libre des passions de la vie éphémère.

A l'aspect merveilleux de son front rayonnant,
Au dépit du Staroste, amer et bouillonnant
Sous son crâne tout chauve, à la vue émouvante
De leurs traits éclairés par la foi vive, ardente,
Sous les tilleuls touffus, dans l'habit grave, ancien,
Donnant plus de relief au sévère maintien,
On se croirait vraiment transporté sur la rive
Du Jourdain, au milieu de la nation juive,
Dans les temps reculés, à l'ombre d'un palmier,
Déplorant en famille un combat meurtrier....
Une même infortune, un malheur identique
Unit notre patrie à la race biblique ;
La même main puissante, aux desseins inconnus,

S'appesantit sur nous, exilés et vaincus,
Donnant et retirant son aide souveraine,
Dans l'univers entier, à la famille humaine,
Qui même jouissant d'un sort doux et béni,
Inquiète et rêveuse aspire à l'infini.

X I I

« Je me suis trop complue en un cercle magique,
Mon bon père, oubliant votre douleur stoïque,
Et sans voir sa triste ombre errer sur votre front
Ridé par le chagrin et courbé sous l'affront ;
Et même quand la joie y passe fugitive,
Elle éclaire un instant passagère et craintive,
Assombrie aussitôt par un nuage noir
Poussé par la tempête éloignant tout espoir.

« Reposez sur mon sein la chère blanche tête,
Sans crainte de me voir accablée, inquiète ;
L'autre jour, il est vrai, par la marche alourdi,

Et cherchant le sommeil pour votre être engourdi,
Vous fûtes réveillé sur mon cœur par mes larmes ;
Contre un chagrin poignant j'étais alors sans armes.
Un vieux chêne entourant, pauvre gui, j'abreuvais
D'une amère saveur le tronc de l'arbre épais,
Et les pleurs débordant de mes gros yeux humides,
Coulaient sur votre front ruisselants et rapides.
Quel supplice, ô mon Dieu ! Qu'il est dur d'assister
Morne, au malheur qui fond, sans pouvoir l'éviter,
Sans consolation, et n'ayant pour toute aide,
Que l'amour, vrai poison, le remords pour remède !...

« O mon père adoré ! Ne puis-je vraiment plus
Ramener le sourire à vos traits abattus ?...
Ma douleur fut cruelle !... Elle est déjà passée ;
Un rayon a fondu l'émotion glacée,
Eclairci mon visage et réchauffé mon cœur
Qui voudrait vous transmettre une égale chaleur.

« O souvenirs d'enfance !... O mes jeunes années
S'écoulant à vos pieds claires et fortunées !...
Quand mes tendres baisers, ma bruyante gaîté
Calmaient, le distrayant, votre esprit agité ;

Déridant votre front par mon humeur sereine,
Je vous forçais à rire, en bonne souveraine.

« N'a-t-elle plus sur vous nul pouvoir, votre enfant ?
Elle chassait au loin toute ombre, en triomphant,
De votre front jadis ; maintenant la ramène...
Le gentil clair ruisseau coulant de la fontaine,
Murmurant à l'oreille un doux et gai refrain ;
S'est-il perdu sous l'orme ?... A-t-il tari soudain ?...
Et votre canari blessé, battant de l'aile,
Est-il pour vous sans charme, abîmé par la grêle ?...

« Tant que mon bien-aimé, le mari de mon choix,
Qui, dès que je le vis pour la première fois,
Bien avant l'union à l'autel par le prêtre,
Me charma par sa grâce et devint le doux maître
De mon cœur, de ma vie offerte à son amour ;
Tant qu'il fut avec moi, dans notre heureux séjour,
Epanchant mon bonheur à la nature entière,
Aux bras de mon époux, j'avais le ciel sur terre.
Celui qui sut si bien dominer mon esprit,
Embraser tout mon cœur épris d'un feu subit ;
Celui qui, l'attirant, but sa fraîche rosée,

Fit surgir en sa fleur une larme irisée,
Gage d'affection, limpide et pur cristal,
Que ne terniront plus ni le temps ni le mal
En fureur, déchaîné par le sort implacable.

« Tant qu'il me restera fidèle et favorable
Aux liens unissant nos êtres devant Dieu,
A l'amour, à la foi jurée en notre aveu,
Au souvenir des jours heureux dans l'infortune ;
Je pourrai croire encor l'existence opportune,
Je n'appellerai pas de mes vœux le cercueil,
Et rêvant à mon maître avec un juste orgueil,
Fière de ses vertus, de lui-même éloignée,
Par ses cruels parents durement dédaignée,
Je pourrai vivre en paix, à l'écart et sans bruit,
Ayant pour baume au cœur notre amour qui reluit,
La résignation avec la confiance
Aux décrets du Seigneur et de la Providence,
Qui nous réunira dans un monde meilleur,
A l'abri des tyrans et de leur ton railleur !!... »

Elle dit et s'asseoit. — Telle, dans l'eau, la vase
Monte en haut, remuée, et descend à la base

Du liquide, au repos ; tel aussi son amour
Comprimé dans son cœur, mystérieux séjour,
Et de larmes baigné, dans leur âpre amertume,
En cet épanchement, remonte et se rallume,
Agite son visage et couvre sa pâleur
D'une teinte verdâtre où se peint la douleur.

— « J'aimerais mieux vraiment porter aux pieds la chaîne,
Esclave chez le Turc, que de te voir en peine,
En proie au désespoir. Certes, dans un cachot,
J'attendrais que mon front roulât sur le billot,
Moins ému, qu'en voyant ma fille destinée
A vivre dans la honte, épouse abandonnée !
Les prétendants, grand Dieu ! manquent-ils au pays,
Faisant naître, aimés, la rougeur et les ris,
Constants dans leur amour, aux pieds de leur promise,
Sachant être fidèle aux liens de l'église ?...
Je ne reproche rien, Marie, à ton époux ;
— Ne gémis pas pour lui — je te plains et l'absous ;
J'estime ses vertus, j'excuse sa faiblesse ;
Mais l'orgueil de son père et m'irrite et me blesse,
Et puisqu'il se repaît des pleurs silencieux
De ma fille chérie, il verra dans ses yeux

4

L'éclat et les éclairs de mon sabre fidèle,

Toujours prêt, à mon bras, à tailler avec zèle.

De tout temps, entre nous, du glaive le tranchant

Servait à châtier l'insulteur, ébréchant

Son visage ou son corps. J'affirme et le répète :

Nous ne fûmes jamais d'accord à la diète ;

Déjouant ses complots, même en trêve au logis,

J'ai pour le palatin un souverain mépris...

« Lors de l'invasion, ma course à la frontière,

Pour chasser l'ennemi d'une rude manière,

Qui me tint trop longtemps, hélas ! loin de mon seuil,

M'empêcha de punir du châtelain l'orgueil.

Ta mère — une sainte âme au ciel — en mon absence,

Ayant l'esprit séduit par la belle alliance,

Et n'osant résister à votre passion,

Se hâta d'obtenir la secrète union

De vos cœurs, mariés par ses soins, en mystère,

Sans avoir l'agrément de la famille altière.

Au retour, je trouvai mon épouse au tombeau,

Ma fille unique en pleurs, non admise au château

De l'effronté voisin, qui, dans son arrogance,

Osa traiter l'amour de son fils de démence,

Se montrant insensible à ta noble candeur,
Refusa de te voir et, dans sa folle ardeur,
A Rome veut casser serments et mariage.
Vive Dieu ! Délié, par ce sanglant outrage,
De tout égard pour lui, je peux en sûreté
Tirer de son fourreau mon sabre redouté,
Et venger mon honneur froissé par son injure.
Mes amis m'aideront à panser ma blessure,
Châtiant l'insolent. Nous sommes peu nombreux,
Mais Dieu protégera nos efforts généreux ! »

Le vieillard, se taisant, essuya sa figure
Echauffée, enfonça son bonnet de fourrure,
Hocha, rêveur, la tête et, relevant les bras,
Semblait se préparer à de nouveaux combats.

XIII

Un étalon hennit, on entend au village
Les gros chiens aboyer. D'où vient donc ce tapage?...
Tout couvert de poussière, un cosaque inconnu
Saute à bas du cheval au bridon maintenu,
Le conduit dans la cour et l'attache à la haie,
Puis frisant sa moustache, en humeur franche et gaie
Il demande à parler au maître de ces lieux.
Son salut dégagé, son port digne et joyeux
Le distinguent d'allure et d'aspect de la plèbe
Des humbles paysans attachés à la glèbe;
Sujet d'un grand seigneur, il puisa sur le sein
De sa mère en Ukraine, un air fier et hautain,

Qui le fait reconnaître au milieu de la foule

Des serviteurs surpris, qu'il éloigne et refoule,

Allant vers la maison d'un pas libre, assuré,

Ses cheveux noirs tressés [1], œil vif et teint cuivré;

Il va d'un pied léger, maigre, svelte et sans gêne,

On dirait desséché par le vent de la plaine ;

La poche du colbak en mouton noir frisé,

Comme un drapeau flottant, de rouge pavoisé,

Se balance dans l'air, à travers le feuillage

Des tilleuls aux remparts, dont l'agréable ombrage,

Rejouit le seigneur et fait peur au manant

Courbé sous le bâton du maître dominant ;

Celui-ci dit alors au cosaque fidèle,

Dont le cheval se cabre et hennissant l'appelle :

— « Avez-vous un écrit? » — « Oui seigneur ! hier soir

Remis entre mes mains. J'avais le sûr espoir

De vous rendre à l'aurore, au chant du coq, ma lettre,

Qu'un fier vent m'empêcha tantôt de vous remettre ;

---

(1) Les Cosaques servant dans les écuries des grands seigneurs, portaient une touffe de leurs cheveux tressés en natte, qui pendait derrière l'oreille.

On croyait voir souffler le diable en son élan.

Dieu vous garde, seigneur d'un pareil ouragan !... »
— « Il est mal de tarder apportant un message.
« Hé ! Cosaque ayant peur du noir diable en voyage,
Qui sert-on ? » — « Mon seigneur n'a-t-il pas reconnu
Le superbe écusson au pays bienvenu ? »
— « Quel nom ? vous ai-je dit. » — « La lettre est de mon maî
De monseigneur Félix. » — L'hôte alors sans paraître
S'émouvoir, ouvre et lit. — Marie a du regard
Aperçu l'écriture, et dans son œil hagard
La vie est en suspens. Frissonnant de faiblesse,
Vite, elle veut savoir, est-ce joie ou détresse,
Que contient le message ? Et sur sa joue en feu
Apparaît la rougeur, triste emblème et l'aveu
D'un mal ardent produit par son dur sacrifice.

— « C'est bien mon brave ! Allez vous nourrir à l'office ;
On aura soin aussi du cheval dans l'enclos ;
J'écrirai ma réponse ; attendez au repos. »
A ces mots du Staroste, attendri par la vue
De la belle éplorée, et l'âme tout émue,
Le fidèle envoyé fit un profond salut,
Et des gens escorté, dans l'ombre disparut.

XIV

— « La lettre nous annonce une bonne nouvelle,
A moins qu'elle ne cache une feinte cruelle ;
Mais comment la prévoir ? Le palatin m'écrit,
D'oublier nos débats, dans un mielleux débit ;
Il confesse ses torts et m'en fait ses excuses.
Devrait-on cher enfant, y voir malice ou ruses ?
Car il fait plus encor : vantant sa belle-fille,
Il t'engage à venir chez lui, dans sa famille,
Et te rendant justice en tout bien, tout honneur,
Il voudrait que son fils méritât son bonheur,
Et fût digne vraiment de t'obtenir, Marie,
S'illustrant à la guerre et servant la patrie.

Les Tatars ennemis, dans leur incursion
Ravagent le pays ; il l'envoie à l'armée
Repousser les pillards, et par une action
De mérite et d'éclat, gagner la renommée,
Qu'il saura protéger et défendre toujours
La femme de son choix, l'objet de ses amours.
Ton époux et sa troupe arrivent ici même !... »

Marie à ses accents, prise de joie extrême
— « Je le verrai, dit-elle, oh ! quel ravissement !
Mon cœur bondit d'espoir, et bat violemment...
Mais pourquoi ces lauriers ? son radieux visage
Est dans sa noble ardeur, de ses vertus le gage ! »

— « Certes le palatin est un homme éminent ;
Je lui rends mon estime et le trouve avenant ;
Regrettant que sitôt tu me sois enlevée ! »
— « Pour le recevoir, père, à sa proche arrivée,
Je suis pâle, défaite, en de sombres atours ;
Me voyant laide... en deuil, m'aimera-t-il toujours ?
Il peut s'en offenser et me garder rancune,
Me reprocher du noir la teinte inopportune.
    vais changer d'habits à cette occasion,

Pour qu'il soit satisfait, fier de ma passion !... »
—« Prends-y garde ! J'ai peur de quelque lâche intrigue
Sous roche. Attendons pour saisir le brochet
Qu'il se trouve bien pris aux mailles du filet ;
J'aurais envie aussi, sans craindre la fatigue,
D'expulser les Tatars ; mais je reste au logis,
N'osant te laisser seule exposée au mépris
Du palatin qui tend, peut-être, un nouveau piége
Laissons-les arriver, et que Dieu nous protége ! »

On entend les clairons, la marche des soldats ;
Le sol vibre, frémit et résonne sous leurs pas ;
En avant de la troupe accourt en toute hâte
Un brillant cavalier en tunique écarlate.
—« Ciel ! Félix !»... dit Marie, et franchissant le seuil,
Elle vole vers lui, dans ses habits de deuil.

XV

Oh! comme le bonheur resplendit et rayonne
Sur le front des élus parés de sa couronne !
Le cœur du jeune amant, dans sa félicité,
Débordait dans ses yeux au regard enchanté,
Et savourait la joie et l'ineffable extase
D'un rêve merveilleux, qui tous les sens embrase.
Superbe et gracieux, il lève fièrement
La tête après l'orage, et voit le firmament
Doré par l'arc–en–ciel, de l'espoir le symbole,
Et du céleste amour, dont joyeux il raffole.
Avec quel pur délice il embrasse la main
De sa femme chérie et la met sur le sein,

Ivre de volupté dans cette douce étreinte,
N'ayant plus, grâce à Dieu, pour l'avenir de crainte,
Pendant que dans la cour, aux mains de l'écuyer,
Piaffe, saute et hennit son splendide coursier.

Le vieux Staroste ému sentait couler des larmes
Sur sa joue amaigrie en admirant les charmes
Du beau couple amoureux, et songeait aux combats
Devant suivre bientôt ces gracieux ébats.....
Marie ayant Félix, oubliait dans l'ivresse
Le passé douloureux, sa navrante détresse,
Heureuse de le voir et de le posséder
N'entendant pas au loin le tonnerre gronder.

XVI

Approchant des tilleuls, le Staroste interpelle
Bravement le jeune homme absorbé par sa belle :
— « Le destin en ce monde est bien capricieux ;
A peine réunis, par un sort envieux
Vous devez vous quitter pour voler à la gloire ;
Mais bientôt, je l'espère, orné par la victoire
De brillants lauriers, vous reviendrez dispos
Embrasser votre femme, et jouir du repos.
Glorieux, mais bien rude est le métier des armes,
Quand l'amour inquiet donne au cœur des alarmes !...
Je vais tout disposer et rassembler mes gens,
Pour combattre avec vous et chasser les brigands ;

Les ayant refoulés au-delà des frontières,

A l'aide de nos bras et des saintes prières

De ma fille au logis, heureux de la revoir,

Nous fêterons gaîment le retour au manoir.

Revenus de la guerre, en ce jour mémorable,

Nous boirons à mon gendre, à notre hôte estimable !

A ses brillants succès ! Que le Tatar maudit

Boive lui la rosée, enragé de dépit,

Abattu par nos coups, et mordant la poussière !

Prépare-nous, Marie, en bonne ménagère,

Un banquet à l'épice, un repas succulent ;

Pour le bien apprêter montre-nous ton talent,

Car le beau cavalier, élevé chez son père,

A le goût délicat, prise la bonne chère.

Je choisirai moi-même à la cave le vin

Pour boire à sa santé, le meilleur, le plus fin.

Je vais armer mes gens, faire aiguiser nos lances,

Pour pouvoir bien venger les mortelles offenses

Des Tatars mécréants. Tantôt, avant la nuit,

Profitant prudemment de la lune qui luit,

Nous nous mettrons en marche. Au son de la trompette

Soyons tous à cheval et vive la conquête ! »

XVII

Il sortit. — Restés seuls, elle appuya son front
Sur le sein cuirassé du beau cavalier blond.
Celui-ci, recouvert d'une brillante armure,
Baisait avec transport sa brune chevelure,
Mais n'osait pas presser l'idole de son cœur
Contre l'acier poli, comprimant son ardeur.
Seule, sa main pouvait communiquer sa flamme
A Marie en ses bras, son amante et sa femme.

D'un regard pénétrant il scrute tous ses traits
Ternis par la douleur, qui voile ses attraits,
Sonde de son trésor la splendide richesse,

Cherchant les vols commis par l'amère tristesse...

Non ! le divin rayon illuminant ses yeux,

Émanant de son âme, un foyer radieux,

L'attribut de son être et de sa vie entière,

Doit briller constamment, ne peut être éphémère !...

Mais lorsqu'il aperçut son vêtement de deuil,

Et sa pâleur mortelle, emblème du cercueil,

Son regard se fixant à la voûte céleste,

Désireux d'échapper à la terre funeste,

Les traces du chagrin affaiblissant l'éclat

De sa rare beauté, de son teint délicat,

Son bonheur passager se couvrit d'un nuage.

Plus blanc que son panache, et faible, sans courage,

— « Quand autrefois, dit-il, sur le steppe, la nuit,

Je courais isolé, loin du monde et du bruit,

Confondant terre et ciel enveloppés de brume,

Rongé par la pensée, en proie à l'amertume,

Nul rayon n'égayait mon sombre et noir destin,

Pareil à l'ouragan soufflant sur le chemin,

Et sur mon fier coursier écumant et rebelle,

Qui rentrait au logis à travers pluie et grêle ;

Vous avez lui, Marie, en astre lumineux.

Par votre pur éclat m'introduisant aux cieux !
Heureux, reconnaissant de la sublime ivresse
Embrasant mon esprit, grâce à votre tendresse,
Je crus sentir, voyant votre aspect noble et beau,
Le doux contact d'un ange, brillant comme un flambeau
Mais, sort cruel !... L'absence a voilé la lumière,
Assombri, je le vois, votre chaste paupière...

« Pourquoi ne puis-je pas enfoncer en mon cœur
L'épine du rosier, vous en donnant la fleur,
Pour qu'elle embaume encore, ici-bas, votre vie
Livrée en son printemps à mon âme ravie,
Qui languit loin de vous. — On m'a tout enlevé,
M'arrachant de vos bras. — Votre esprit élevé,
Prenant racine au ciel, a moins souffert peut-être ;
Le mien, errant sur terre, et voyant disparaître,
En un clin d'œil, délice et consolation,
Farouche et furieux, prit la décision
De braver, m'insurgeant, l'auteur de ma misère,
Et de me révolter contre mon propre père...

« Il est dur de lutter contre le palatin,
Inflexible en ses plans, orgueilleux et hautain,

J'aurais dû m'exposer, en dégaînant le glaive,

A de rudes combats, sans avoir paix ni trêve

Le château des aïeux eût peut-être flambé,

Plus d'un ami serait dans la lutte tombé ;

Mais j'aurais obtenu dans mon âpre furie,

Par le sang et le feu, votre retour, Marie !

« Ne vous effrayez pas ! Je me sens désarmé ;

Le bonheur de vous voir m'a promptement calmé ;

Même avant, et plus juste et plus clément, mon père,

A reconquis mon cœur, agréant ma prière ;

Et j'oublie à présent son opposition.

J'ai pris le sabre en main, non par ambition,

Rien que pour assurer le salut de Marie,

Le repos du pays, l'honneur de la patrie,

Et lançant mon coursier sur le steppe poudreux,

Sûr d'avoir mon trésor, je respirais heureux.

J'ai revu, m'adonnant aux plus douces pensées,

Les branches des tilleuls par le vent caressées...

Vous ignorez, Madame, en votre affection,

Pieuse et tout à Dieu, ce qu'est la passion

D'un cœur jeune et bouillant devenu votre esclave

Qui, pour vous conquérir, ne connaît pas d'entrave,

5

Et qui, se rappelant les plaisirs écoulés,
A l'esprit loin de vous et les sens affolés... »

— « Mon cher ange ! Etes-vous fatiguée ou souffrante ?
Ou rêvant à l'azur, au monde indifférente ?
Caressant vos attraits, fixant mon cher trésor,
Je demande inquiet, si vous m'aimez encor ? »

— « Si j'aime mon Félix ?... Dieu ! plus qu'il n'est licite
Aux mortels... D'un amour sans borne, sans limite ;
Plus qu'une faible femme, en son cœur enflammé,
Peut contenir d'ardeur pour son cher bien-aimé.
Si le Tatar hurlant, qui me glace et m'éveille,
Si les balles sifflant en masse à mon oreille,
Ne remplissaient mon âme et d'angoisse et d'effroi,
Je serais en vos bras en extase, ô mon roi !...
Tant est douce à mon cœur votre unique tendresse,
Tant la vie est heureuse en ma céleste ivresse,
Comme si je volais dans les airs vers les cieux,
Embrassant mon époux, me mirant dans ses yeux.
Si Marie aime bien ?.... Grand Dieu ! Félix en doute,
Connaissant ma nature, ayant mon âme... Ecoute !

Sans toi, le monde entier n'est rien... et l'avenir
Me serait triste au ciel, sans ton doux souvenir !...

« Souvent m'humiliant, je cherchais dans la bible
A calmer par la foi ma passion terrible,
Implorant un refuge aux pieds du Créateur ;
Mais de l'amour terrestre un écho tentateur,
Venait me répéter son gracieux langage,
Me rappelant de doux, de bien heureux moments ;
Peut-être le Seigneur, aussi puissant que sage,
Ne daignant pas au ciel agréer nos serments,
Punira de nos corps l'union trop intime,
D'un javelot tatar vous perçant pour ce crime...

« Voyez-vous au feuillage un faisceau de rayons,
Qui passent lumineux et tremblants sur nos fronts ?...
Ils éclairent gaîment de leur blonde lumière
Émanant du soleil, les objets de la terre.
Pourquoi donc la claire onde en sa diffusion
Sépare étincelant notre douce union ?
Vainement rapprochés, vos lèvres sur ma bouche,
Au milieu des baisers, le rayon, qui nous touche,

Divisant notre souffle, est toujours entre nous,
Riant de nos efforts. Tel celui de la gloire,
Éclairant vos hauts faits, illustrant vos grands coups,
Guidera vos succès de victoire en victoire...
Après avoir brillé dans sa splendeur, pareil
Au bel astre achevant sa carrière, au soleil,
Il s'éteindra pour vous, amenant la nuit sombre ;
Oh ! Puisse-t-elle aussi m'ensevelir dans l'ombre !

« N'est-ce pas, cher Félix, vous serez brave, ardent,
Résolu, courageux..... mais aussi bien prudent ?...
Oh! quand mes pauvres yeux, creusés par la souffrance,
Reprendront leur éclat, grâce à votre présence,
Et verront réjouis votre sein désarmé
Reposer sur mon cœur par mon maître charmé,
Vous ne vous plaindrez plus de mon indifférence !
Partager votre joie et du sort l'inclémence,
Désirant apaiser et calmer vos soucis
Par un amour constant, mes soins et mes souris ;
Servir à votre gloire, à votre renommée,
Mériter votre estime, une parole aimée.....
Toujours vivre pour vous, et mourant sous vos yeux,
Y puiser le bonheur vous faisant mes adieux,

Rester après ma mort, pure en votre mémoire,
Tel est mon seul désir ! Telle sera ma gloire ! !

Au retour bienvenu de l'époux adoré,
Prenant la harpe en main, et le cœur rassuré,
Sous le dôme étoilé, dans la douce harmonie
D'une tendre, suave et belle symphonie,
Nous trouverons en nous les accords et les sons
De l'hymne radieux d'une joie enivrante,
Sans nous quitter jamais... Ciel! j'entends les clairons!
Restez ou prenez-moi... Je me meurs d'épouvante !!. »

XVIII

Défaillante et sans force, il la prit dans ses bras,
Serrant avec amour ses pudiques appas ;
La douleur l'enchaînait, dans cette douce étreinte,
A Marie accablée et frissonnant de crainte,
Qui s'attachait à lui, prise de fol espoir
De garder son époux, sûre de l'émouvoir
Par sa blême pâleur, sa souffrance et ses larmes ;
Félix épris d'amour, retenu par ses charmes,
Ne savait indécis comment s'en détacher,
Sentant son pauvre cœur se rompre et s'arracher ;
Mais il fallait partir et dompter sa faiblesse,
De peur d'être taxé de honte et de bassesse.

Quel devoir odieux pour un sensible amant
D'imposer à l'amour un si cruel tourment !
Même il doit se hâter sans prolonger l'angoisse,
Pour que le désespoir n'augmente et ne s'accroisse.

Le clairon retentit, le Staroste à cheval
Donne aux joyeux soldats du départ le signal ;
Les drapeaux, ondulant, présagent la victoire.
Notre héros alors, dominant sa douleur,
Se lève et veut partir....... Marie en robe noire
Blanche comme un linceul, muette en sa roideur
Est là, sans mouvement, sur un siége placée ;
Le jeune homme saisit sa main pâle et glacée,
La couvre de baisers empreints de passion,
Et d'un dernier regard, dardant toute sa flamme,
Il glisse et disparaît, comme une vision...

Dans son morne abandon, la triste et pauvre femme,
Immobile et muette a l'air de ne rien voir ;
Mais elle suit de l'œil son époux dans sa course,
Entend sortir la troupe en gaîté du manoir.
Et pleure, en gémissant, son malheur sans ressource.

XIX

Félix, sur son coursier, pensif, la larme à l'œil,
Rêvait avec amour à son touchant accueil.....
Le Staroste joyeux fait bondir sa cavale,
Hennissante et fougueuse, en ardeur sans égale ;
Résonnant derrière eux, sonnent cors et clairons,
Mettent les preux en train, animent les poltrons.
Les nobles chevaliers, leurs varlets et leurs pages,
Conservant la foi vive et les anciens usages,
Suivis des fantassins, des cosaques au flanc,
Caracolent, ayant la valeur dans le sang ;
Le soleil au couchant fait briller les armures,
Dorant de ses rayons les gens et les montures.

Regarde enfant malin, au rustique logis
Fait de chaume et d'argile, au pauvre seuil assis,
Et souris aux soldats qui s'en vont à la guerre.
Qui sait, peut-être aussi délaissant ta chaumière,
Tu cueilleras aux champs du dieu Mars des lauriers !
Vous mère, saluant les hardis cavaliers,
Dormez tranquille en paix, sans crainte de leurs armes
Et de fer et de bronze, au bruyant cliquetis ;
La flamme du combat s'éteint aux chaudes larmes
Des femmes, dans l'œil fier des guerriers du pays.
On voit tourbillonner la poussière au village,
On entend des chevaux le bruit et le tapage.
Ils vont s'affaiblissant.... Les cors dans le lointain
Seuls résonnent encor, font vibrer l'air serein ;
Puis règne dans la plaine un ténébreux silence,
Où promène inquiet l'ange de la souffrance,
Déroulant le tableau lugubre de la mort.
Il fait noir au désert, comme au cœur de Marie.

Résistant sans espoir aux rudes coups du sort,
Elle se penche alors, et de la galerie
Fixe son doux regard sur le sombre horizon
Balayé par le vent, plus noir qu'une prison ;

Elle tombe à genoux, joint les mains en prière,
Et de ses yeux rougis par la tristesse amère
Les pleurs coulent ardents et forment un trésor
Au ciel plus estimé, que le fer et que l'or ;
Et pendant que les preux luttent pour la patrie,
Il fait sombre au désert, comme au cœur de Marie.

FIN DU PREMIER CHANT

CHANT DEUXIÈME

L'âme de Conrad brisée,
Par la souffrance épuisée,
Avait le calme trompeur,
Emanant de la stupeur...

BYRON.

I

« Le chardon croît au steppe, et périt solitaire ;

Le regard cherche au loin l'horizon sur la terre,

Vaste plaine infinie en un ciel nuageux,

Qui ne sait adoucir les soucis ombrageux ;

Les fruits en sont amers, sans limite est l'espace...

« Si tu veux qu'en ton cœur le noir chagrin s'efface,

Va voir dans le midi le beau ciel azuré,

Où le soleil se lève éclatant et doré,

Baignant myrte et laurier de sa vive lumière,

Répandant la chaleur sur la nature entière ;

Là, l'air est imprégné de molle volupté,

Le ciel pur et serein d'attrayante beauté ;
On respire à son aise, et la terre récrée
Le regard et les sens, de fleurs toujours parée ;
Les dieux et les héros des siècles reculés,
Trônant au haut des murs, en partie écroulés,
Attirent le passant dans leurs blanches ruines
Couvertes d'un tapis de lierre et d'aubépines,
S'il est un curieux scrutateur du passé,
Ces lieux lui parleront d'un noble sang versé,
Lui montrant le néant des vanités humaines,
Et distrairont son cœur du malheur et des peines,
Inspirant à l'esprit la forte émotion,
Qu'on éprouve à l'aspect d'une grande action,
Des martyrs en extase offrant en sacrifice
Leur existence à Dieu, souriant au supplice...

« Ne foule pas la plaine en proie à la douleur ;
Les tertres arrondis, recouvrant la valeur
Des aïeux trépassés, gardent seuls leur mémoire ;
Le vent a balayé tout vestige de gloire
Sur le steppe désert. Plutôt rentre au logis,
Et fais-toi réciter les chansons du pays. »

— « D'où portez-vous vos pas, mon jeune et noble page

Manifestant tout haut votre plainte en voyage ?...

Serait-ce des lieux saints ? » — « Non, au monde étranger.

Atteint par le malheur, j'ai beau m'en dégager,

Je porte de la mort la trace ineffaçable,

Voué fatalement au sort inexorable ;

J'exhale ma tristesse en de cuisants soupirs,

Mon sourire est flétri par d'affreux souvenirs,

Mon cœur est tout saignant et mes chants sont funèbres,

Car l'esprit en démence habite les ténèbres,

Car mon front est courbé dans sa morne pâleur,

Sous le poids écrasant d'une amère douleur,

Car un ange ou démon m'impose la souffrance !... »

— « Que voulez-vous alors ? » — « Fuir des cieux l'inclémence ! »

II

A la douleur d'autrui, l'homme insensible est dur ;.
Le jeune page en pleurs se tenait près du mur,
Et le gardien bourru, s'adossant à la porte,
Regardait curieux, passer toute une escorte
De gens masqués, suivant un char triomphal,
Bizarrement vêtus d'étoffes éclatantes,
Et fredonnant gaîment, sur un air jovial,
Au portier ébahi des paroles galantes :

« Connais-tu le carnaval
De Venise l'attrayante,
Où reluit comme un fanal,

La douce joie enivrante
De l'amour mystérieux,
Sous le masque gracieux ?

Le gondole glisse
Sur l'eau claire et lisse,
Abritant soupirs
Et divins plaisirs !...
Arlequin et doge,
En haillons ou toge
Fillette et garçon
Chantent sans façon :

« Qu'il est gai, qu'il est gai dans Venise la belle,
— Sans égal, sans rival, —
Éclairant et domptant l'humeur la plus rebelle,
Le joyeux carnaval ! »

Nous allons en compagnie,
Gaîment sans cérémonie,
Sous le masque, jour et nuit,
Qui provoque et qui séduit ;
Et vivant en harmonie,
Le fol amour nous conduit,

Ayant pour annonce,

Donnant pour réponse

Aux gens curieux,

Leur riant aux yeux :

« Folie et franchise

Sont notre devise ;

Joyeux pèlerins,

Aux plaisirs enclins,

« Juifs, nobles, roturiers, nous avons pour domaine,

Le pays enchanté,

Où brille et resplendit le carnaval d'Ukraine

En ivresse et gaîté ! ! ! »

— « Ce n'est guère le temps de faire une fredaine ;

Impossible d'entrer... Le Staroste est en plaine. »

Dit le vieux gardien, se mettant en travers

Des hôtes importuns, aux battants entr'ouverts ;

Mais lorsqu'il vit bondir et gambader les masques,

Se trémousser, pareils à des spectres fantasques,

Et danser, chantonnant la ronde du sabbat,

Se tenir par la main, et culbuter à plat,

Hurlant, vociférant, maniant des crécelles,

Drôlement accouplés, soulards et jouvencelles,
Il eut comme un vertige, et son pauvre cerveau
Pris de fièvre, entouré d'un magique cerceau,
Poursuivait anxieux juifs et bohémiennes,
Se moquant des démons, courtisant les sirènes ;
Son regard les fixait avec avidité,
Pendant qu'ils défilaient sous son œil dilaté ;
Puis au signal du chef, les danseuses groupées
Cessèrent de sauter ; les lèvres, découpées
Dans du taffetas noir, embouchèrent des cors,
Sonnant une fanfare aux discordants accords ;
Et les masques, chantant d'une voix glapissante,
Entonnèrent en chœur la romance suivante :

          « Tout a pour fin mort et douleur ;
          Le ver se cache en toute fleur !

          Quand déborde la vie amère
          De noir chagrin et de misère,
          Quand le cœur alarmé,
          Voit mourir l'être aimé,
          S'envolant de la terre ;
Puisse l'envie, au moins sous l'atteinte du sort,

Épargner son venin infâme !
Puisse dire le chant suprême de la mort :
« Le calme reviendra dans l'âme ! »

Tout a pour fin mort et douleur ;
Le ver se cache en toute fleur !

Quand l'image au cœur bien gravée,
De l'amante au ciel enlevée,
Fera jaillir à l'œil
Du survivant en deuil,
Une larme avivée ;
Les Séraphins ailés, pleins de joie et d'orgueil,
Accueilleront son âme chère...
Puisse encor répéter le chant près du cercueil :
« Ton ange reviendra sur terre. »

Tout a pour fin mort et douleur,
Le ver se cache en toute fleur !.

Si voulant prendre la défense
Du faible, et venger son offense,
Le protecteur blessé,

Lui-même est terrassé ;

Acclamez sa vaillance ;

Car le malheur abat l'esprit le plus hautain,

Ébranle l'âme la plus fière.....

Que la tendre amitié redise avec entrain :

« La gaîté reviendra sur terre ! »

Tout a pour fin mort et douleur ;

Le ver se cache en toute fleur !...

Si revenant d'un long voyage,

L'esprit se voile d'un nuage,

Cherchant le maître absent ;

Et quand le cœur ressent

Un sinistre présage,

Inquiet de trouver vide et seul le manoir ;

Puisse à sa fervente prière,

L'hospitalité dire : « O, pour vous recevoir,

L'hôte reviendra de la guerre ! ! »

Tout a pour fin mort et douleur ;

Le ver se cache en toute fleur !... »

— « Si vous appartenez, beaux masques, à ce monde,

Sans être des esprits, ou de purs revenants,

J'aime vos gais propos, votre vive faconde ;

Nous avons hébergé, bien des fois et longtemps,

Vos pareils en folie en cette résidence,

Faisant faire aux gaillards chère lie et bombance.

Entrez donc, sans façon ; absent pour le moment,
Le maître va bientôt revenir. La pitance

Et le vin et les lits sont offerts franchement ! !... »

Les masques effrontés, s'imposent la prudence,

Font un profond salut, se concertent entr'eux,

Et tramant leur complot, ils entrent deux par deux.

III

Le bel astre du jour, terminant sa carrière,
Dorait le firmament de sa blonde lumière,
Et s'abaissait au ciel sur son trône éclatant,
Colorant les objets de sa pourpre un instant ;
Il se laisse admirer ne blessant plus la vue,
Semant or et rubis enchâssés dans la nue ;
Digne et calme, il remplit son évolution,
Souriant tendrement à la création ;
Et parant les vitraux de brillante dorure,
Comme un baiser d'adieu d'un ami qui s'en va,
Il se plonge et s'abîme au sein de la nature,
Quittant notre horizon pour reluire au-delà.

La nuit triste, envieuse, étend son voile sombre
Sur le monde aussitôt, et l'enveloppe d'ombre,
Recélant dans ses plis et crime et trahison.

Que fait donc le Staroste absent de la maison ?
Certe, ayant refoulé la horde soulevée
Des Tatars, il devait, sa campagne achevée,
Revenir au logis et fêter le bonheur
De voir sa fille au bras de son époux vainqueur...
Ses salons sont remplis d'inattendus convives
Ourdissant un forfait de leurs mains agressives...

IV

Du moment, où s'ouvrit l'horizon glorieux

D'une prompte victoire au Staroste joyeux,

Et qu'il sauta gaîment sur son cheval de guerre,

Au son de la trompette imitant le tonnerre,

L'aspect des étendards et des nobles guerriers,

Le cliquetis du fer et les cris des coursiers,

Occupaient son esprit, absorbaient sa pensée;

Et tout fier d'accorder sa tutelle empressée

Au gendre de haut rang, gagnant ses éperons,

Sous les yeux du vieux chef menant les escadrons,

Il portait sur le front l'empreinte radieuse

Du désir satisfait, et de l'issue heureuse

D'un pénible conflit. Son regard rayonnait ;
Le bonnet sur l'oreille, en maître il commandait,
Jaloux de châtier les ravages terribles,
Les massacres sanglants des Tatars inflexibles...
Au souvenir poignant de leurs cruels méfaits,
Se dressent ses cheveux et ses sourcils épais,
Et sa grise moustache. A l'esprit en démence
Apparaissent combats, châtiments et vengeance.

Lorsqu'ils furent aux champs, dépassant le hameau,
L'œil en feu, l'air superbe, il tira du fourreau
Son grand sabre aiguisé, fit défiler la troupe,
Réunit les anciens et, s'adressant au groupe,
De sa voix émouvante, allant tout droit au cœur:

— « Nobles chefs et soldats, émules en valeur,
Soyez dans votre élan des vengeurs prêts à fondre
Sur les pillards maudits. Vous saurez les confondre,
Même les foudroyer, frappant comme l'éclair.
Celui dont le cœur mou craint la mort par le fer,
Et redoute les coups des Tatars à la guerre,
Peut aller de ce pas regagner sa chaumière ;
Car mon sabre, plus tard, lui cinglerait le flanc ;

Montrez donc votre audace et votre noble sang.

Ayez foi vive en Dieu, dans vos bras confiance,

Et taillez sans merci, dans leur vaine insolence,

Les Tatars abhorrés, semblables aux épis,

Qui luisent au soleil, émaillant la verdure,

Et, tranchés par la faux, ne forment que débris

Fanés, jonchant le sol, et servent de pâture.

« Pour manger sans péril, au logis le gruau,

Tuons la sauterelle à l'aide du fléau

D'abord, exterminons cette race exécrée,

En braves champions d'une cause sacrée,

Et chargés du butin des glorieux combats,

Nous nous reposerons, nobles chefs et soldats ! ».

Causant avec son gendre, au pas allant de paire,

Il lui développait le grand art de la guerre,

Ses ressorts variés, du succès les garants ;

Comment se renseigner par de secrets agents

Sur les plans ennemis ; comment grouper ses forces,

Pour assaillir en bloc l'adversaire surpris,

Trompé dans ses projets par de feintes amorces ;

Comment victorieux, ne laisser nul sursis

A la troupe en déroute, et, soi-même en défaite,
Organiser en hâte une habile retraite...

Félix, mélancolique, écoutait sérieux
Le Staroste parlant et du geste et des yeux ;
Les deux amis formaient l'antithèse piquante,
De jeunesse pensive et de vieillesse ardente...

V

Quittant la grande route et les chemins battus,
Ils errent librement, dans le désert perdus,
Où le vent seul apporte au hasard la semence,
Que le temps fait germer sans l'humaine assistance ;
Où manque le travail pour cultiver le grain,
Qui, faute d'ouvriers, y lèverait en vain.
Le sol en est sauvage et d'inculte nature,
Vierge de tout labeur et de toute culture,
Vaste comme la mer, orné de mille fleurs
Répandant leur arome et leurs vives couleurs.

Le chef conduit ses gens, sous l'immense coupole
Des cieux, ayant pour guide, infaillible boussole,
L'astre du jour ; la nuit, l'étoile fixe au nord,
Dans l'espace infini d'un verdoyant abord.
L'herbe épaisse s'étend sous le pas des montures,
Humectant de rosée et sabots et ferrures ;
Mais sa douce senteur laisse froid le vieux chef ;
Sur son front large et fier se dessine en relief
La pensée incessante et l'instinct de la guerre,
Combinant les moyens, la meilleure manière
D'anéantir du coup la horde des Tatars,
Dont il suit sur le sol les indices épars,
Ne se laissant tromper par les nombreuses traces,
Sur le steppe à dessein qui vont à des impasses,
Pour l'induire en erreur. En homme du métier,
Il sourit à leur vue, et prend le bon sentier,
Comme un expert chasseur, qui reconnaît la piste
Du gibier qu'il poursuit dans les champs et persiste
A tendre en droite ligne au but de ses efforts.
Il arrête sa troupe et la coupe en deux corps,
En laisse un à Felix, et conduit l'autre en plaine,
Saluant ses amis, au cri : « Vive l'Ukraine ! »
Puis après, se plongeant dans les champs de chardons,

Il s'y perd et s'y noie avec ses escadrons.

On voit les cavaliers au milieu des fleurs rouges,

A des ombres pareils surgissant de leurs bouges,

Errer et puis se fondre en un sanglant rideau,

Et disparaître enfin, comme tombés dans l'eau.

VI

Félix, seigneur puissant, galope dans la plaine,
A sa guise, à loisir ; d'où lui vient donc sa peine ?
Il mène les soldats par de sauvages lieux
A la gloire, au succès, mais d'un air sérieux...
Au désert mugit, hurle et siffle la tempête,
Qu'il aimait à braver ; il abaisse la tête
A cette heure, en songeant à ses exploits guerriers,
Que ternissent des pleurs, arrosant ses lauriers ;
Son pauvre cœur navré, plein de désespérance,
Se couvre avec effroi d'un lugubre linceul ;
De tristes souvenirs, avivent sa souffrance,
Lui montrent son amante en vêtements de deuil ;

Il secoue en plein air sa blonde chevelure
Humide de rosée, et de froide sueur
Perlant son front morose, coulant sur sa figure.
Laissant flotter la bride au coursier plein d'ardeur,
Qui bondit sur le steppe, et dévore l'espace,
Il voudrait s'affranchir du chagrin qui l'enlace.
Ses yeux ternes et secs brillent d'un sombre éclat,
Le reflet de son âme, en un fiévreux état
Se consumant d'amour, dont la flamme immortelle
Rougit ses nobles traits d'une atteinte cruelle.

De funestes pensers auraient beau l'assaillir,
Absorber son esprit et le mettre en déroute ;
A l'heure du danger l'ardeur saura jaillir
De son cœur, du devoir lui désignant la route ;
Un démon familier, à sa suite lâché,
Lui montra-t-il un coin de l'avenir caché ?
Ou, les touchants accords de céleste musique,
Que fait vibrer dans l'âme un divin sentiment,
Ont révélé peut-être en extase lyrique,
Par leurs accents plaintifs, un noir pressentiment ?...
Serait-il à la mort voué dans la bataille ?...
Quel que soit son destin, il le nargue et le raille ;

7

Quoi qu'il puisse arriver, il ignore la peur,
Préservant de la rouille et son sabre et son cœur.

Tel qu'un torrent fougueux, étreint par un barrage,
Le déchire, écumant, terrible et plein de rage,
Ou, comme un fier coursier, libre de ses liens,
Piaffe et hennit, faisant des sauts aériens,
Défiant dans son vol l'hirondelle et la brise ;
Tel Félix, impassible au malheur qui le brise,
Ayant vu l'avenir se dérouler sanglant,
S'acharne à maîtriser son chagrin violent,
Et dans sa noble ardeur, tenant en main son glaive,
Sûr de vaincre, il s'élance en avant, bien qu'en rêve,
Une voix sépulcrale, émanant d'un caveau,
Lui disait : — «Malheureux, tu cours au noir tombeau. »

VII

La cruelle souffrance, hélas sur terre abonde,
Ainsi que le chagrin ; du malheur en ce monde
Gages secrets, les pleurs coulent mystérieux,
De la foule ignorés, et rougissent les yeux ;
Tandis que le tapage, et la joie et le rire,
Sont pareils aux grelots de folie en délire...

Quand un fier, noble esprit, leurré par un appât,
Et dans un tendre amour plaçant sa confiance,
A vu ses sentiments raillés, mis en dégât,
A son propre foyer par orgueil et démence ;
Quand l'oiseau sur son nid, pousse des cris aigus,

Pressentant une embûche et des piéges tendus ;
Quand l'homme audacieux, supportant le martyre
Infligé par les siens, n'a plus assez d'empire
Pour dompter la douleur, et voit d'affreux serpents
Surgir de sa blessure, et siffler menaçants ;
Quand la haine implacable, et la ruse, et l'envie
Ne se limitent pas à reprendre la vie
Au malheureux vieillard, ternissent son honneur,
Lui ravissent sa fille, attrayante en sa fleur,
Unissent, dans la honte, un avenir en larmes
A l'opprobre présent, qui doit souiller ses charmes,
Parce que la pure âme a fait un bon accueil
A l'amour innocent combattu par l'orgueil ;
Lorsqu'enfin la vertu, même la plus sublime,
Amène l'infortune, et conduit à l'abîme ;
L'homme jure et blasphème, outré, fût-il de fer,
Et souffre dans son cœur un véritable enfer...
Les sentiments divers agitant la belle âme
Du jeune et brave chef, l'embrasant de leur flamme,
Laissaient indifférents les dociles guerriers,
Qui suivaient miroitant sur leurs fougueux coursiers;
Chacun méditait sur un semblable thème
A celui du voisin, ne songeant qu'à lui-même ;

Mais, au signe du chef, luttant avec transport,

Pour vaincre et triompher, prêts à braver la mort.

Ils marchaient à la file, en bon ordre, en silence,

Formant un long serpent d'onduleuse apparence,

Et guidés par Félix, sillonnaient le désert,

Suivant de l'ennemi l'indice découvert,

Quand bientôt à leurs yeux paraît finir la plaine,

Dans un pli du terrain terminant son domaine,

Et de noirs cavaliers, errant sur le gazon,

Se montrent projetant, leur ombre à l'horizon.

VIII

Quel spectacle écœurant du haut de la colline,
Pour la troupe qui voit une flamme assassine
Monter du sol sanglante en colonnes de feu,
Et former un nuage empourprant le ciel bleu ! !
S'élèvent du vallon, en signe de détresse,
Les cris des habitants d'un village embrasé
Dont l'amer désespoir touche, émeut de tristesse
Le cœur le moins humain, l'esprit le plus blasé.

— « Aux armes! Garde à vous! L'ennemi pille et tue ;
Il faut vaincre ou mourir ! » dit d'une voix émue
Félix à ses soldats, plein d'indignation :

Ensuite galopant sur le sol qui s'incline,
Il conduit ses guerriers, descendant la colline,
Pour repousser au loin la rude invasion.

Les Tatars mécréants ont d'une main infâme
Massacré sans pardon et mis le bourg en flammes ;
Avant de secourir les pauvres éplorés
Ruinés dans leurs biens par les gueux abhorrés,
Il faut d'abord venger le massacre et l'outrage
De l'ennemi, tombant sur la horde sauvage
Réunie à l'appel du Khan, qui met de front
Ses hardis combattants, en demi-cercle, au fond,
Sur le terrain en pente au-delà du village,
Un ruisseau sur la droite, à main gauche, un bocage.

Félix voit le danger, car s'il manque l'assaut,
Sa perte lui paraît évidente ausssitôt,
Ayant le bourg en feu, comme unique retraite ;
Aussi ne voulant pas songer à la défaite,
Il répète à sa troupe — « Il faut vaincre ou mourir,
« Mes braves ! suivez-moi ! » — Faisant alors bondir
Son cheval, le forçant d'une main plus hardie
Et de coups d'éperons, à braver l'incendie,

Il le lance en avant. — Les braves cavaliers
Sur sa trace, à sa voix, affrontent les brasiers
Fumants et les tisons, se frayant une voie
A travers le village allumé, qui flamboie ;
Une fois au-delà, la troupe, en escadrons
Rangés pour la bataille auprès de leurs guidons,
Se rue avec fracas, au son de la trompette,
Rapide comme Eole au sein de la tempête ;
La gloire et la vengeance excitent son élan
Pareil en violence au terrible ouragan.

IX

Le choc fut foudroyant !... La cohorte étrangère

Avec ses étendards — des croissants à crinière —

Les grands arcs des Tatars inspirant la frayeur,

Leurs costumes fourrés à poil extérieur,

Leur teint brun, basané, leurs moustaches flottantes

Noires comme du jais, et leurs gueules béantes,

Les yeux à demi clos, les traits plats et crispés,

Où de cruels instincts, étant au coin frappés,

Donnent aux fronts humains l'air de brutes féroces,

Ou d'esprits infernaux sur leurs coursiers véloces ;

Par les dards acérés le soleil rembruni,

La nature sauvage et le steppe infini

Faisant cadre au tableau rougi par l'incendie,
Tout ce lugubre ensemble, au lieu d'épouvanter
Les nobles Polonais, rend leur main plus hardie
A frapper l'ennemi, battre et le culbuter.

Ils avancent toujours, mais avant de l'atteindre,
Courant en ligne droite aux Tatars, sans les craindre,
Ils sont subitement en cercle enveloppés
Par les fiers musulmans autour d'eux attroupés.
En effet, l'ennemi combinant par tactique,
Des deux flancs sur le centre une marche identique,
Entoure s'unissant les braves assaillants,
Et leur lance des dards empoisonnés, sifflants,
Au cri rauque : — « Alla hou ! Mort au giaour infidèle ! »
Les Cosaques criant : — « Hourra ! sur le rebelle ! »
Enfoncent bravement par un coup de collier,
La muraille vivante étincelant d'acier
Et font des mécréants un meurtrier carnage ;
Tumulte affreux, mêlé de cris et de tapage...
Les musulmans hachés succombent abattus,
Foulés sous les chevaux, qui piétinent dessus ;
Les vainqueurs acharnés, pris d'un sanglant vertige,
Enlèvent les turbans, blanches fleurs, de leur tige ;

Le fer luit, retentit, le sang coule à torrents,
La mort glace et roidit la bouche et l'œil béants....

Le succès sur un point fut de courte durée ;
La troupe glorieuse est bien vite entourée,
Dans un cercle restreint par l'ennemi nombreux,
Fermant toute retraite et tombant sur les preux ;
Le brillant escadron écrasé sous la masse,
A la voix de Félix, garde intacts rang et place ;
Chacun dans la mêlée, assailli de partout,
Se défend impassible, à la mort se résout ;
Mais il a beau faucher les turbans par dizaines,
De nouveaux combattants surgissent par centaines ;
La horde paraît croître et se multiplier
Tout autour des héros, qui meurent sans plier.

X

Félix et les siens, pris dans un cercle funeste,
Isolés, sans espoir, et séparés du reste
De la troupe, à périr condamnés par le sort,
Disputent bravement l'existence à la mort.
Elle n'ose ravir la vie, en sa jeunesse,
Au chef grave et vaillant, qui l'affronte sans cesse,
Désireux d'en finir, et sentant dans son cœur
La vague émotion des adieux au bonheur.
Il a beau s'exposer, luttant avec audace
Contre les ennemis, qui l'attaquent en masse ;
Son glaive teint de sang, redoutable à son bras,

A beau les refouler, les vouant au trépas,
Il marche sain et sauf au milieu du carnage,
Inspirant la terreur et taillant avec rage. —
Voyant les plus hardis repoussés à l'assaut,
Sous les coups du héros succomber aussitôt,
Les Tatars stupéfaits reculent à distance.

Le jeune homme invincible, ayant la prescience
D'échapper à la mort, est triste et sérieux ;
Ne cessant de braver l'inclémence des cieux,
Il a l'air de chercher la mort dans la mêlée,
Espérant l'obtenir par une flèche ailée,
Trempée en du poison, qui lui perce le sein ;
Et rempli d'amertume, il expose sa vie
Aux coups de l'adversaire, offrant ses jours en vain,
Et faisant fuir la horde, à sa vue ahurie.

Son chef obèse et rouge, à l'aspect des efforts
Inutiles des siens, voyant nombre de corps
Rouler inanimés, furieux et farouche,
A la colère au front et l'écume à la bouche ;
Il agite sa barbe, il fait claquer ses dents,
Lançant au ciel l'injure et des mots impudents,

Exaspéré de voir un guerrier tenir tête
Aux soldats, comme un chêne affronter la tempête.

A l'ordre du vieux chef, qui commande l'assaut,
Les barbares lèvent leurs grands sabres en haut,
Qui reluisent, poussant un cri démoniaque,
Et vont sabrer Félix, renouvelant l'attaque.

XI

On entend les clairons au-delà du bosquet,
Et l'on voit s'approcher un nouveau corps complet,
Guidé par un vieux chef de martiale apparence,
Se frayant un chemin, qui s'ouvre à sa vaillance ;
Il a l'air, à cheval, de voler dans les airs,
Sa moustache se dresse au vent, dans ses yeux clairs
Et perçants, dans ses traits se peint l'inquiétude
Stimulant, anxieuse, encor la promptitude
De sa course rapide au secours de Félix,
Pour arriver à temps et sauver à tout prix
Le lutteur acharné d'une mort assurée ;
Pareil à la lionne, errant exaspérée

Contre les ravisseurs de ses chers lionceaux,
Rugissant de colère et la flamme aux naseaux ;
Comme heureuse est la mère, en retrouvant sa fille
Condamnée à l'exil, et morte à sa famille,
Le Staroste accourait terrible, avec ses gens,
Éprouvant dans son cœur les mêmes sentiments,
De mère et de lionne, et frappant de son glaive
Sur le dos des Tatars éblouis, comme en rêve,
Par l'apparition d'un archange vengeur,
Et n'osant résister, envahis par la peur.....
Il se trouve bientôt à côté de son gendre,
Qui seul continuait, sans crainte, à se défendre.

Suivi de ses soldats, il court tout droit au chef,
Envieux de venger ses injure et grief ;
Le vieux Khan, plein d'orgueil et bouffi d'arrogance,
L'attend d'un air hautain, calme en sa suffisance ;
Tatars et Polonais contemplent au repos,
Anxieux, le combat des champions rivaux,
Le Staroste attentif aux coups de l'adversaire,
Les pare avec adresse, expert en la matière ;
Il se fend, il recule, et prenant son élan,
Au moment opportun porte au maudit forban,

Sur la nuque, un tel coup de sa lourde rapière,
Que la tête du tronc disjointe, roule à terre,
Écarquille les yeux dans ses contractions,
Pâlit, ouvre la bouche, en faisant la grimace,
Et rend le dernier souffle en des convulsions...
Le sang jaillit du torse immobile sur place ;
A cet aspect s'élève un cri de désespoir,
L'ennemi prend la fuite, et le beau coursier noir
Du Khan court, emportant le cadavre du maître ;
Chargé de sa dépouille, on le voit disparaître.

Les barbares, saisis d'épouvante et de peur,
Sont taillés, massacrés en leur morne stupeur,
Au son de la trompette acclamant la victoire ;
Les nouveaux combattants, se joignent aux anciens,
Se baignent dans le sang pour célébrer la gloire,
Qui pare de lauriers leurs exploits peu chrétiens,
Au milieu des soupirs et des cris des victimes
Expiant dans la mort leurs forfaits et leurs crimes.

XII

La lutte dura peu ; les uns demandent grâce,
Plus nombreux sont les morts; les vainqueurs font main bass
Sur les pauvres fuyards. — Des rivières de sang
S'écoulent sur la pente en de sanglantes flaques ;
Des cadavres humains, alignés, rang par rang,
Musulmans et Tatars, Polonais et Cosaques,
Indiquent sur le sol chaque place, où la mort
Vint prendre son butin, désigné par le sort ;
Leurs âmes sont au ciel, leurs chevaux dans la plaine,
Les kolbacks et turbans parsemés sur l'arène,
Leurs glaives sont près d'eux, seuls, par terre couchés,
En bons amis, de rouille et de sang tout tachés.

Vous qui devez la vie au merveilleux courage
De vos preux défenseurs, admirez leur ravage
Dans les rangs ennemis, leurs cris victorieux
Sur le champ de bataille, où des vers, envieux
De dévorer la chair, recherchent leur pâture
Au milieu des corps morts gisant sur la verdure ;
Les gaillards, tout joyeux de leurs brillants exploits,
Entonnent des chansons de leur terrible voix ;
Jouissez du succès, approchez d'eux sans crainte,
L'heureuse délivrance dans leur sang est empreinte.
Puisse leur mâle exemple infuser de l'audace
Aux habitants craintifs, et dont le cœur se glace
A l'aspect de la mort, des cadavres sanglants ;
Qui, tenant à la vie, au bien-être, sont tremblants
Et n'osent affronter les dangers de la guerre.
Venez, hommes peureux, bénir la troupe fière,
Qui vous a délivrés, et baisez à genoux
Les membres mutilés, sacrifiés pour vous.

XIII

Un bosquet ombrageait le bord de la colline,
Où croissaient des bouleaux à l'écorce argentine ;
Leurs branches, ondulant au souffle du zéphyr,
Aux tresses ressemblaient d'une femme éplorée,
Mêlant sur une tombe, à ses pleurs, des soupirs,
Evoquant du passé la figure adorée
D'un galant chevalier... L'odorant serpolet
De sa fraîche senteur embaumait le sommet.

Le bonheur en ce monde, ainsi que l'infortune,
Et la gloire et la honte ont une fin commune :
Le besoin du repos. Les ombrages touffus

Réunirent ensemble et vainqueurs et vaincus ;
Au premier plan, aux lieux de la lutte sauvage,
Mal éteint, l'incendie achevait son ouvrage ;
Le soleil, descendant derrière les bouleaux,
Enflammait au couchant leurs ténébreux arceaux ;
Le ciel s'assombrissait, les noirs corbeaux en masse,
Trouvant à satisfaire leur appétit vorace,
S'abattaient sur les corps, poussant des cris affreux ;
Aux foyers allumés, les gais propos scabreux
Des gens groupés, pareils à des ombres chinoises,
Entremêlaient les chants aux paroles grivoises ;
L'herbe fraîche grinçait sous la dent des chevaux,
Le bruit retentissait des armes en faisceaux ;
Les « qui-vive », vibraient au loin, des sentinelles,
Et le Staroste, aux yeux lançant des étincelles,
Ayant à l'ambulance inspecté les blessés,
Fait enterrer les morts, reposait sous un arbre,
Fier lion fatigué, ses membres harassés,
Et disait à Félix, pâle et froid comme un marbre :

— « J'ai droit à vous donner, depuis votre union,
Le nom de fils, conforme à mon affection ;
Donc, cher et noble fils, tout paraît nous sourire ;

Vous nous êtes rendu ; nous venons de détruire
La bande des brigands, assurant le repos
De l'Ukraine, affranchie, en ce jour, des fléaux
D'une âpre invasion, et dotant la contrée
Des bienfaits de la paix d'une longue durée.
Je ne mérite guère une telle faveur ;
Mais j'y suis insensible, en voyant votre cœur
Oppressé sous le poids d'une amère tristesse,
Qui voile votre gloire et ternit mon ivresse ;
Quittez-la pour l'amour ; remontez à cheval.
— La lune qui reluit, vous fait un doux signal, —
Et volez dans les bras de votre tendre épouse,
De vous voir au plus vite, anxieuse et jalouse.
Je dois encor rester pour le bien du pays,
Mais je serai demain, de bonne heure, au logis ;
Puisse à votre retour la nuit être propice,
Cher ami ! Bon voyage et que Dieu vous bénisse !... »

XIV

Le jeune homme aussitôt se leva, prit la main
Du vieux chef, son beau-père, et lui baisa l'épaule. (')
Le Staroste attendri, le pressa sur son sein,
Comme un fils bien-aimé, sans dire une parole....

Sa prière pour lui monte ardemment aux cieux,
Quand Félix à cheval est déjà loin des yeux ;
Il franchit champs et plaine, activant sa monture,
La lune à pleine face éclaire son armure,

(') Manière respectueuse de saluer en Pologne

Retraçant sur l'açier son disque au pur reflet,

Et reluit dans l'espace en un calme complet.

Qu'il est doux de voler ainsi vers son amante,

Devançant l'astre au ciel, dans sa course entraînante,

Pour aller saluer la reine des amours,

Et la surprendre au lit, reposant sans atours!

La grenouille au marais, le ruisseau qui murmure

Et l'oiseau rouconlant de sa voix la plus pure,

Tous les êtres divers de la création

Confondent leurs accents et chantent l'union.....

L'âme éprise d'amour, en extase et ravie,

Oublie en son élan les soucis de la vie;

Les perles de rosée et le parfum des fleurs

Emerveillent les yeux, en font sécher les pleurs;

L'esprit se complaisant au sein de la nature,

Dans un divin transport, s'apaise et se rassure;

Indulgent pour les torts des méchants envieux

Il pardonne et sourit clément et radieux...

Fragile esquif au ciel, voguant à pleine voile,

Félix dans l'infini, volait à son étoile;

Insensible à présent au vent de la douleur,

Vers l'azur sans limite il élevait son cœur,

Rasant le sol poudreux. Mais de courte durée
Fut le songe béni de son âme enivrée.....

Comme un spectre effrayant, le triste souvenir
L'envahit de nouveau, le faisant tressaillir,
Et lui montre inquiet l'image, sur le seuil,
De l'amante éplorée, en vêtements de deuil ;
Son regard, soulevant du boudoir la portière,
Croit y voir, soucieux, une ombre, une chimère,
Qui lui souffle à l'oreille : — « Il fallait, imprudent,
Ne pas quitter l'objet de ton amour ardent,
Qui languit dans l'attente, et sans nulle défense
Contre l'isolement, la peur et la souffrance ;
Comme un beau fruit, qui tombe et bientôt dépérit,
Sans avoir satisfait à loisir l'appétit,
S'il n'est bien préservé du vent et de l'insecte;
Tu l'as sacrifié à la gloire suspecte,
Qui préside aux combats, avide de cueillir
De sanglants lauriers, sans avoir su jouir
Du divin paradis, ouvert à ton ivresse
A peine un court instant. Un rayon de tendresse
De ta femme chérie, un sourire enchanteur,
Ne valaient-ils pas mieux que tout l'éclat menteur

Des brillants oripeaux, hochets de la victoire ?
N'as-tu donc pas gardé, présente à ta mémoire,
La séparation si longue et si cruelle ?
Et quand vint le moment de rejoindre ta belle,
Comment ne pas rester au gré de ton bonheur,
Aux pieds de la beauté qui possède ton cœur ? »

Le cheval écumant franchit l'herbe sauvage,
Inquiet d'arriver au terme du voyage ;
Son allure rapide et le fier cavalier
Dont l'armure est de fer et d'or le baudrier,
Passent comme un éclair aux yeux de la fillette
Réveillée en sursaut d'un somme sur l'herbette,
Et croyant un esprit le guerrier disparu,
Qui, déroulant toujours le chemin parcouru
En ruban argenté, dans sa course effrénée,
Allait sombre affronter l'amère destinée.

XV

Atteignant, à la fin, la porte aux blancs créneaux
Le coursier abîmé, soufflant de ses naseaux,
Hennit, prêt à s'abattre, et fléchit et s'arrête ;
Mais pas un serviteur n'entend la noble bête,
Et, bien qu'il fasse clair, n'accourt nul écuyer
Au devant de Félix, pour tenir l'étrier.
— « Il doit être bien tard, disait-il pâle et blême :
Laissons dormir les gens ! » — se parlant à lui-même —
Et sautant de cheval, il l'attache à l'anneau,
Impatient d'entrer, au plus vite, au château,

Le cœur rempli de joie et de douce allégresse,
Le regard tout brillant d'amour et de tendresse ;
Sûr de voir à l'instant son bel ange adoré,
A la porte il attend le bonheur désiré
De voir et d'embrasser son trésor sur la terre,
Le seul bien précieux, qu'il convoite en mystère,
Dont il est l'heureux maître, et ravi de son choix,
Il carillonne en vain une, deux et trois fois,
Sans aucune réponse, outre l'écho sonore,
Répétant seul trois fois le son qui s'évapore.

Tout est dans le logis calme et silencieux :
Ni pas précipités, ni cris impérieux
Ne viennent animer la triste solitude ;
Le manoir reste obscur dans sa morne attitude.
« Que leur sommeil est dur ! » Pensait Félix surpris.
Un coup de sabre aurait mis la porte en débris ;
Mais il ne voulait pas user de violence,
Causer de la frayeur, par son impatience,
A son épouse aimée, à l'ange de ses jours,
Dût-il attendre encor du gardien le secours ;
Sacrifiant ainsi son humeur inquiète,
Il tire faiblement le cordon de sonnette,

Et s'éloigne faisant le tour de la maison,

Espérant voir surgir un homme à l'horizon.

Il contemplait la lune, en sa course, attirée

Par le soleil, vers lui gravitant effarée,

Et projetant son ombre en noir sur la cloison,

Immense silhouette émergeant du gazon ;

Il lui semblait surprendre un souris sardonique

Sur ses gros traits joufflus, sur sa face ironique.

Vivement ballotté de sentiments divers,

Espérant le bonheur et craignant les revers,

Le guerrier, tout autour, errait à l'aventure,

Cherchant pour s'introduire une mince ouverture,

Comme dans ces palais mystérieux, construits

En Orient, pays des mille et mille nuits.

Il aperçoit enfin, heureuse découverte,

Dans la chambre à coucher, à la fenêtre ouverte,

Gonflé comme une voile, un rideau blanc, servant

De légère clôture aux papillons nocturnes,

Et qui se balançait, flottant au gré du vent ;

Un feu soudain rougit ses beaux traits taciturnes;

Il voyait en esprit des contours lumineux

Et ne sut résister à l'aimant merveilleux,

Qui l'attirait à lui, plein d'un charme invincible,
Certe, il aurait fallu, pour s'abstenir vraiment,
Montrer trop de sagesse, ou bien être insensible;
Félix, n'étant ni l'un ni l'autre, en un moment,
Imitant, par un bond, la souplesse du fauve,
Se trouva tout d'un coup, consterné dans l'alcôve.

XVI

Un spectacle navrant l'attendait sur le seuil ;
Sur le lit non défait, une femme étendue,
Immobile et livide, en ses habits de deuil,
Et paraissant dormir, se présente à sa vue ;
Mais son profond sommeil, au lieu d'être un repos
De la jeunesse, avec le doux sourire éclos
A la bouche, à ses traits donne la dure empreinte
D'une douleur poignante, alliée à la crainte ;
Ses longs cheveux, tressés naguère par l'amour,
Retombent lourdement, sans grâce, tout autour ;
L'être, en sa bouffissure, avait l'air de se plaindre,
Ne pouvant desserrer les lèvres ni les dents,

Qu'une force rivait, puissante à les étreindre,
Interceptant les cris et les gémissements.

La lune l'éclairant de sa lueur blafarde
Donne à l'œil entr'ouvert, qui fixement regarde,
L'expression sauvage et l'air dur, ténébreux
Des larves, contemplant des lutins amoureux.
Est-ce vraiment Marie, à l'aspect insensible
Du noble chevalier ramenant le bonheur?...
Est-ce bien son épouse au charme irrésistible,
Froide et méconnaissable, au point de faire peur?...
Félix épouvanté, reprit bientôt courage,
La soulève en ses bras, penché sur son visage,
Et l'embrasse à la bouche, anxieux d'infuser
Son amour et la vie en un tendre baiser...

— « Je t'aime bien Marie et t'aimerai sans cesse
Et toujours ! » disait-il ; l'écho répétait : « Cesse ! »
— « Marie ! ange adoré ! mon père plus clément,
Bénit notre union ! » L'écho disait : « Il ment. »

Il voudrait par ses soins, à force de tendresse,
Rallumer le flambeau de la vie ; il la presse

Dans ses mains, mais la tête inerte s'affaissant
Sur l'armure, produit un son sourd, saisissant ;
Il crie et se démène en vain, la maison vide
N'offre aide ni secours dans sa marche rapide ;
L'espoir lui vient alors, qu'en la plaçant à l'air,
On lui rendrait la vie, et prompt comme l'éclair,
Il prend son cher trésor, il le serre et l'emporte ;
Le corps lourd a déjà la roideur d'une morte,
Laisse pendre et traîner ses membres engourdis,
Le visage et les mains penchés vers le tapis
Elle, si gracieuse en son vol et légère,
Au bras de son époux touchait à peine terre,
Et l'écrase à présent de son poids odieux,
Pauvre objet répulsif, cher encore à ses yeux.
— « De l'eau ! vite de l'eau ! » criait-il en détresse,
Enfonçant brusquement la porte avec rudesse.

XVII

Un léger mouvement agite les buissons,
Et laisse apercevoir le diseur de chansons ;
De l'ombre on voit surgir le jeune et gentil page,
Qui racontait sa peine en un touchant langage ;
Il relève la tête et puis son petit corps,
Sous l'empire d'un charme, ou par crainte, au bocage
Sous les feuilles blotti, se cachant jusqu'alors ;
Il fixe le guerrier, et faisant des efforts
Pour ne pas fondre en pleurs, d'une voix languissante
Il récite à Félix la complainte émouvante :

« Écoutez le récit
De l'atroce délit :

« Vous demandez, atteint d'un sort funeste,
De l'eau vraiment ?... sans savoir malheureux,
Que la perfide a dans ses flots fangeux
Enseveli le pur ange céleste !...
Des gens masqués, avides de son sang,
Par trahison, l'ont noyée à l'étang !...
          Et quittant cette terre,
          On n'y revient plus guère !...

« Les serviteurs, écuyers et valets,
De tous côtés errent à leur poursuite ;
D'autres encor vont quérir la visite
Du bon curé pour chanter des versets.
Vont arriver prêtres à la chapelle
Pour enterrer la dépouille mortelle....
          Et fauché dans son cours,
          On est mort pour toujours !...

« Toujours ! mot vide et trompeur, dit aux femmes,
Dans les amours vite effacé des cœurs,

Trop inconstants, pour longtemps être en pleurs !...
Mot éternel, connu rien que des âmes,
Après la mort, qui recouvre d'un sceau
Mystérieux, le funèbre tombeau...

      Car l'âme au corps ravie
      Ne revient plus en vie!.... »

Le page, se haussant sur la pointe des pieds,
Soufflait au jeune chef des secrets épiés...
Celui-ci, l'écoutant, devenait fou de rage ;
Son front se recouvrait d'un sombre, gros nuage,
Prêt à lancer la foudre et sillonné d'éclairs ;
L'esprit fixe et rempli de sentiments amers,
Concentrait ses pensers pour trouver la manière
D'assurer sa vengeance, étendant dans la bière
Le féroce assassin, sans égards aux liens
D'affreuse parenté, le rattachant aux siens,
A ses proches souillés d'un crime épouvantable ;
Furieux, il se livre à l'idée implacable,
Monstrueuse folie, éclose en son cerveau,
De vouloir se venger, en brûlant le château
Du cruel palatin, de son père terrible,
Se baignant dans le sang, à ses cris insensible ...

Soudain, dans sa pensée, assailli des remords

D'un fils dénaturé, ressentant dans son corps

Les tourments des damnés, de l'enfer le supplice,

Il maudit son malheur et du sort l'injustice.

Ne pouvant échapper à son destin fatal

Dont il sentait l'étreinte et le souffle glacial.

Les serpents, enroulant la belle image antique

Du vieux Laocoon, lui dévorant le flanc,

Ont un venin moins fort que le mal titanique

Qui rongeait de Félix et le cœur et le sang.

XVIII

Il perdait à la fois le bonheur, et l'estime
Pour ses propres parents, avilis dans le crime,
Ayant là, sous les yeux, moissonnée en sa fleur,
Endormie à jamais l'idole de son cœur,
Dont l'éclat souverain et la gràce angélique
Maintenaient son esprit dans ses illusions,
Et lui voilaient l'aspect de ce monde cynique,
Réservant au rêveur d'àpres déceptions...

Il demeurait sans elle, isolé, solitaire,
N'ayant plus d'intérêt pour nul objet sur terre ;
Penché sur le cadavre, il avait l'air en deuil,
D'une statue en marbre au-dessus d'un cercueil ;

Pétrifié d'horreur en voyant la victime
D'un complot infernal, d'un lâche assassinat,
L'œil sec, sans une larme, et plongé dans l'abîme,
Ne pouvant s'attendrir pour pleurer l'attentat,
Et le cœur absorbé par la pensée amère
D'avoir cru bonnement aux discours de son père,
Et délaissé, crédule, un précieux trésor,
Qu'il aurait dû garder, pour en jouir encor.
Quand dans son désespoir, il vit la triste empreinte
Du reproche en mourant, fixée au front glacé,
— Sentiment indicible et d'angoisse et de crainte, —
Qu'il l'avait perdue, elle et leur bonheur passé,
Son cœur se détendit et d'abondantes larmes
Coulèrent de ses yeux, au souvenir des charmes
De leur douce union... Cet état dura peu ;
Son âme empoisonnée en moins d'une minute,
Maudissant ciel et terre et les gens sans aveu,
Au contact du malheur se flétrit dans sa chute,
Chercha dans les excès sa consolation,
Renia la vertu dans son affliction.

Comment ?... Le tendre amant devint un misérable ?...
Oh ! Demandez plutôt à quoi sert l'ineffable

Bonté, la bienveillance et l'honneur ici-bas ?...
Où courage et vertu mènent vite au trépas,
Où les fils, des parents convoitent l'héritage,
Où, quand l'hypocrisie, en son mielleux langage,
Déplore, en soupirant, le désespoir humain,
Elle envie en secret le bonheur du prochain,
Calomnie à loisir et se moque en mystère
Des nobles sentiments et de toute misère,
Masquant de beaux dehors, de viles passions,
Foulant aux pieds mérite et belles actions ;
Où l'unique remède est d'oublier le monde
Sa gloire et ses splendeurs, qui passent comme l'onde,
Trouvant dans l'union de deux êtres épris,
Le délice et la joie, aux purs anges ravis.

XIX

Dans le bosquet touffu des humaines pensées,
Pauvres feuilles au loin par la brise chassées,
Les unes jaunissant, recouvrent les vallons,
Au souffle de l'automne et dépouillent les troncs
Qui se dressent tout droits, chênes à rude écorce ;
Sur d'autres, en été, le vent siffle avec force
Et, dans sa violence, abat feuilles et gens ;
Quand après la tempête, arrive le beau temps,
Plus verte et plus riante apparaît la nature ;
Mais elle porte au sein une large blessure ;
Il suffit d'un instant, pour que l'arbre exposé
A la foudre du ciel, dans sa sève embrasé,

Communique le feu, propage l'incendie...
Et que l'homme outragé par une perfidie
Infâme, sème trouble et désolation
Dans le bosquet touffu des humaines pensées...

Que va faire Félix dans son émotion ?...
Où va-t-il reposer âme et chair oppressées ?...
A quoi bon dérouler le voile tout sanglant
Qui couvre sa blessure et son mal accablant !...
Lassé de l'existence, il n'a plus nulle envie,
Et pour mieux oublier, voudrait perdre la vie....
Après quelques instants d'un muet désespoir,
Il soulève le corps et le porte au manoir,
A son aide appelant le jeune et gentil page,
Qui l'avait renseigné par son vif bavardage,
Soit service d'ami, soit l'acte astucieux
Joignant à la morsure un venin odieux...
La lune leur prêtait sa lumière livide ;
Donnant ses derniers soins à la beauté candide,
Félix remet en ordre et la robe en ses plis,
Et cheveux déroulés et membres engourdis,
Que ne protège plus une pudeur absente,
Les plaçant sur le lit d'une façon décente,

Pour ne pas donner prise aux curieux bavards,

Prodiguant même aux morts leurs propos goguenards.

Une dernière fois enveloppant la morte

D'un regard où se peint : le chagrin qu'il supporte

Sans pouvoir le dompter, la séparatiox

Cruelle, mais aussi la persuasion

De la revoir bientôt en paix, lumière et gloire...

Burinant chaque trait, gravé dans sa mémoire,

Il lui fait, sabre en main, ses suprêmes adieux,

Lui jurant de venger le meurtre audacieux ;

Puis il saute à cheval, et plus calme au visage,

Il fait monter derrière, en croupe, le beau page

Au corps svelte et gentil et l'œil rempli de pleurs.

L'enfant qui désirait partager ses douleurs,

Etait-il son bon ange? ou bien un petit diable,

Raillant sournoisement un malheur déplorable?...

Je l'ignore... Il s'accroche, au guerrier, de ses mains,

Et tous deux vont ensemble accomplir leurs desseins.

X X

Une église, en Ukraine, élève trois coupoles,
Qui brillent au soleil de leurs reflets dorés ;
Des femmes en prière, en scandent les paroles ;
A la tour retentit la cloche aux sons sacrés,
Appelant tout fidèle. — Obsèques et baptêmes
En masse attirent peuple et gens, partout les mêmes,
Avides de spectacle. — Au centre est un cercueil ;
Des cierges allumés pour l'office de deuil,
Éclairent tout autour la foule recueillie ;
Couché dans la poussière, et les bras étendus,
Symbole de la croix, la figure vieillie

Par le malheur, un homme aux grands traits abattus,
Prie, implore la grâce, oubliant sa souffrance
Dans son humilité, rempli de confiance
Dans l'aide du Seigneur, dont la protection
L'apaise et le console en son affliction.

Résigné, pâle et digne, il souffre sans se plaindre,
Pareil au cierge en feu, qui va bientôt s'éteindre,
Triste comme le glas funèbre pour les morts ;
Son œil luit sur la dalle, où repose son corps,
Comme brille au gazon une mouche luisante !...
C'est le Staroste usé par la douleur cuisante,
Perdant hier sa femme, et sa fille aujourd'hui,
Dans son amer chagrin privé de tout appui ;
L'amour resplendissant renfermé dans la bière !...
La robe nuptiale en linceul funéraire !...
Le vieillard paraît froid, calme en sa gravité,
Sûr de revoir sa fille en proche éternité !...

Tel il resta toujours, muet sans plainte aucune,
Ne voulant confier à d'autres l'infortune,
Qu'il subit impassible et sans pleurs dans les yeux ;
Moins avec les mortels, attiré vers les cieux,

Menant d'ailleurs la vie à peu près uniforme,
Avec Dieu davantage, en sa tristesse énorme.

Tous les soirs il allait revoir le même lieu,
Revenant au logis avant le couvre-feu ;
Il prolongea pourtant une fois son absence ;
Inquiets du retard, les serviteurs en transe,
Le cherchèrent partout, pressentant un danger,
Armés, pour lui venir en aide, ou le venger...

On trouva le Staroste à genoux près des tombes,
Où sa femme et sa fille, au ciel pures colombes,
Dormaient au cimetière attendant leur essor...
Il était immobile auprès de son trésor,
Conservant le même air de courtoisie aimable,
Et de sagesse unie à l'âge vénérable ;
Le même doux sourire, et l'œil intelligent,
Le bonnet, surmontant quelques cheveux d'argent,
Et la fière moustache, et la tunique noire,
Terrible à l'ennemi, commandant la victoire...

Seulement il fut sourd, insensible à l'appel
Des cors et des clairons, vibrant des sons de guerre,

Et ne prit pas son sabre, étendu sur la terre,
Pour combattre... Il dormait... du sommeil éternel...

Trois tombeaux réunis s'élèvent dans la plaine,
Et l'ouragan mugit sur la fertile Ukraine......

FIN DU POËME

Nice. — Imprimerie et Papeterie Malvano & Cº, 62, rue Gioffredo.

OUVRAGES DU MÊME AUTEUR

EN VENTE CHEZ L'ÉDITEUR E. PLON, A PARIS

MONSIEUR THADÉE

Poëme d'ADAM MICKIEWICZ

TRADUIT DU POLONAIS

DEUX VOLUMES — PRIX : 10 FRANCS

L'AUBE, DE KRASIŃSKI — EN SUISSE, DE SŁOWACKI

POËMES TRADUITS DU POLONAIS

UN VOLUME — PRIX : 3 FR. 50 C.

www.ingramcontent.com/pod-product-compliance
Lightning Source LLC
Chambersburg PA
CBHW051138260626
47170CB00005B/1870